illustration KOTOKO MIROKU

　すると鷹矢は、すかさず耳朶をやんわりと噛む。

「っく……」

「耳も、弱くなったね」

「…だって、鷹矢さんが……いっぱい触るから……」

「ひなたの感度が、いいんだよ」

放課後は♥ウエディング

Wedding in the church

高峰あいす

AISU TAKAMINE presents

KAIOHSHA　ガッシュ文庫

イラスト★みろくことこ

CONTENTS

★本作品の内容はすべてフィクションです。
実在の人物・地名・団体・事件などとは一切関係ありません。

「おはよう、ひなた」

優しい呼びかけが、ひなたの眠りを妨げた。

「んー……」

「もう朝だよ」

もぞもぞと動いて毛布の中に潜り込もうとすると、微《かす》かな苦笑が聞こえる。

——…日曜日なんだから……もう少し寝たいんです……。

そう言ったつもりだけれど、眠気が強すぎて言葉にならない。

「ん？　なんだい、ひなた？」

「うー…」

「はっきり言わないと、分からないよ」

優しい声が、耳をくすぐる。

——だから、もう少し寝たいんだってば……はへ？

唇に、何か柔らかい物が触れた。

とてもよく知る感触が心地よくて、ひなたは無意識に口を開く。

「ん…ふ……」

――えっと…これ、何だっけ……気持ちいいから、何でもいいか。

夢見心地で考えていると、パジャマ越しに胸元や脇腹にそっと指が触れてくる。むず痒《がゆ》いのと気持ちいいのの中間くらいの感覚に、ひなたは甘い声を上げて身悶《みもだ》えた。

「…あ…んっ…」

するとと指の動きが止まってしまい、もどかしくなったひなたは目蓋《まぶた》を閉じたまま呟《つぶや》く。

「嫌…もっと、して……」

「続けていいんだね」

「うん……」

問いかけに頷《うなず》いて少しすると、先程よりも強い刺激が胸元から生じた。

「ひゃっ……あれ？　……鷹矢《たかや》、さん？　……」

さすがにひなたも驚いて、頑《かたく》なに閉じていた目蓋をぱちりと開く。至近距離に大好きな婚約者の顔があり、一瞬にして頬《ほお》がバラ色に染まった。

「やっと起きたね」

「おはようございます…ッン」

微笑む鷹矢に朝の挨拶をした途端、いきなり乳首《ちくび》を擦《こす》られたひなたはぴくんと身を竦《すく》める。

「な、に？」

「何って、続きをしているだけだよ」

寝起きでぼんやりとしている頭を必死に動かし、状況を把握しようとしてみる。

けれどひなたの思考が動き出すのを阻止するかのように、痺《しび》れるような快感が下半身から生じた。

——えっ僕、どうして裸？　それに鷹矢さんてば、どこ触ってるのさ！

鷹矢の指がひなたの中心を捕らえ、ゆっくりと扱《しご》いている。セックスは何度もしているけれど、慣れることはまだできない。

「や…め……ッ」

「こら、暴れたら危ないよ。いい子にしてなさい」

闇雲《やみくも》に手足をばたつかせて逃れようとするひなたに、鷹矢がちゅっと音を立てて頬に口づける。

高校一年のひなたなど、十一歳も年上の鷹矢から見れば子供同然だ。けれどあからさまな子供扱いをされれば、ひなたとしても面白くない。

「いやっ…鷹矢さんのばかっ」

「誘っておいて、バカは酷いな」

苦笑しながら、鷹矢がひなたの腰を掴んで押さえつける。

体格差は歴然としているので、本気で押さえつけられればひなたは太刀打《たちう》ちできない。

それでも逃れようと懸命にもがいていたひなただが、今まで以上に強い快感を中心に感じて、甲高い悲鳴を上げた。

「あッ」

指で扱かれ、半ば勃起《ぼっき》していた中心がねっとりとした熱に包まれたのだ。瞬く間に勃ち上がった自身に柔らかい物が絡みつき、強すぎる快感を送り込む。

――……ぬるってしてる……もしかして…嘗《な》めてるの？

舌で愛撫《あいぶ》されているのだと気づいた瞬間、恥ずかしさの余りひなたの全身がかあっと火照《ほて》る。

「嫌…口、離して……」

「嫌なのかい？　ここは悦《よろこ》んでるみたいだよ」

ぞくぞくと背筋を這い登る快感に、ひなたは背を反らす。

——悦んでなんか、ない…っ。

「あっ…んっく」

反論しようと開かれた唇から零《こぼ》れたのは、甘ったるい嬌声。感じすぎて喘《あえ》ぐことしかできないひなたを、鷹矢の指が更に追い詰めていく。

——ダメだよ……入れないで……。

後孔《こうこう》に指が入り込み、弱い部分ばかりを狙って擦る。前と同時に後ろも弄《いじ》られて、ひなたは急激に上り詰めた。

「も、だめ……っ…出ちゃう!」

「出していいよ」

舌先に先端の窪《くぼ》みを突かれ、たまらずひなたは吐精《とせい》する。

「ひ、あっ」

出してしまった白濁液を、鷹矢が嚥下《えんか》する音が聞こえた。恥ずかしくて逃げ出したいけれど、寝起きの上に達したばかりとあっては、まともに手も動かせない。

ぐったりとして横たわるひなたの上に、鷹矢が覆い被さる。

「…た…かや…さ……」

「可愛いひなた。たまには一日中、ベッドで過ごすのもいいと思わないか?」

顔中にキスの雨を降らせながら、優しい声で鷹矢が囁《ささや》く。

――えっ、だって今日は、デートするって約束したのに!

そう反論しようとしたけれど、深いキスに言葉を封じられてしまう。

「は…ふ、ンッ」

「挿《い》れるよ、ひなた」

「…や、んっ…」

抵抗を試みたものの、堅い雄が後孔の入り口に押し当てられると、自然に体から力が抜けてしまった。

普段仕事で忙しい鷹矢と抱き合うのは久しぶりなので、ひなたも本心から嫌がっている訳ではないのだ。

――なんかすごい…ぞくぞくする……。

堅い切っ先が、柔らかな肉襞を押し広げて入ってくる。

開かれる痛みよりも、快感の方が圧倒的に大きい。

「ぁ……あんっ」

体の奥深くまで満たされたひなたは、熱い溜息を零す。

「辛い？」

「…平気、です……ぁ、やっ」

抱かれた腰を揺さぶられた瞬間、頭の奥が真っ白になる程の快感が全身を駆け抜けた。

「動かないで…はぅ…」

「ひなた……愛してる」

触れるだけのキスが、角度を変えて何度も繰り返される。慣れないひなたを気遣って、呼吸の妨げにならないようにしてくれているのだ。

「……ん…たかや、さん……すき…」

優しい鷹矢に、ひなたもたどたどしく応える。

朝の光に包まれた寝室で、二人の体が絡み合う。

甘い営みは、昼近くまで続けられた。

華翠《かすい》学院一年生の咲月《さづき》ひなたは、ちょっとした秘密を抱えている。

それは男の婚約者がいるということ。更に言えば、婚約者である黒疋鷹矢《こくしょう》は、日本を代表する企業の一つである黒疋グループの跡継ぎなのだ。

本人は家を継ぐ気など全くなかったらしいが、現在は『ひなたと幸せな結婚生活を送る』という目標のためだけに、日々仕事に励んでいる。

祖父同士が勝手に決めた婚約話だったこともあり、当初はぎくしゃくしていた関係も、お互いに惹《ひ》かれ合っていると分かってから一変し、今は誰が見ても分かるほどの幸せな恋人同士となった。

けれど、不満がない訳ではない。

——やっぱり、年の差って問題だよね。

昨日の出来事を思い出したひなたは、頭を抱えて机に突っ伏す。

日曜日だからという訳の分からない理由で、ひなたは鷹矢に昼近くまで体を貪《むさぼ》られたのだ。

結局そのせいでひなたは動けなくなり、約束していたデートは延期となったのである。おまけに鷹矢は夕方から緊急の会議が入ってしまい、ひなたは夕食を一人で寂しく食べる羽目になった。

――鷹矢さんのばか。

どうも自分は、鷹矢の行動に流される傾向があると最近になってひなたは気づいた。別に遠慮している訳ではないが、やはり伊達に鷹矢は年上ではないようで、巧みにひなたを言いくるめてしまう。

言葉だけではなく、昨日みたいに強引な行動で物事を進められると、まずひなたは抵抗できない。

――嫌じゃないけど、なんか……納得できないんだよね。

「ひな、鷹矢さんと喧嘩でもしたの？」

向かいの席でお弁当を食べていた加洲院一華《かしゅういんいちか》が、突っ伏したひなたの肩を叩く。慌てて顔を上げると、親友の心配そうな顔が見えて、ひなたは申し訳ない気持ちになった。

「最近いきなり黙り込んで、赤くなったり青くなったりするから心配だよ」

「ごめん、大丈夫だよ。ちょっと考え事してただけだから……あ、鷹矢さんとは喧嘩してないから安心して」

「喧嘩じゃないってなら、早速セックスレスとか？　鷹矢さんて淡白そうだから、たまにはひなから誘えば？　コスプレとかすると、大抵のオトコは飛びついてくるぜ」

あからさまな言葉に、ひなたは反論も忘れて絶句した。

横から茶々を入れてきたのは、麻生千里《あそうちさと》だ。ひなたと違い、一華と千里は中等部からの持ち上がり組である。

ひなたの抱えている秘密を知る親友達は、『気遣い』という建前の『お節介を』やいてくる。

良家の子息が多く通う華翠学院は、芸能科もある男子校だ。そんな環境のせいか、同性同士の恋愛は容認傾向にある。中でも千里の男遍歴は有名で、ひなたが赤面するようなことを平然と口にする。

「千里、昼休みに大声でそんな話しないで」

「相変わらず、一華はお堅いよな」

真っ赤になって黙り込んだひなたに代わり、一華が小声でたしなめる。

「それで、どうなの？　マジでセックスレス？」

「……違う」

どうにか否定して、ひなたは盛大な溜息をついた。

――セックスレスどころか、その反対……だなんて、恥ずかしくて言えないよ。

仕事で鷹矢が忙しくしているので、夜の営みは頻繁ではない。けれど休日となれば、触れ合えなかった時間を埋めるように激しく求められる。

嬉しいけれど、ひなたとしてはもっと恋人同士らしく、二人で映画を見たりアミューズメントパークへ行ったりして過ごしたいと思う。

「いい加減に下品な話題は止《や》めて、千里」

怒りオーラが出始めた一華を前にして、さすがに千里もヤバイと思ったらしい。

「ごめん。じゃあ話変えるけど」

「なに？」

「鷹矢さんとはいつ式を挙げんの？」

さらりと千里に言われて、ひなたは飲みかけたコーラでむせそうになった。

「ばかなこと言わないでよ！」

「え？　そのことで悩んでたんじゃないのか？」

わざとらしく言ってにやつく千里を、ひなたは睨みつける。こうやって、千里はいつもひなたをからかうのだ。ひなたは一華へ助けを求める視線を送る。

だが一華は、一瞬早く自分の世界に浸ってしまっていた。

「ひなは可愛いから、ドレスでも着物でも似合いそうだよね。式場は、どこがいいかな？　相手が鷹矢さんてのはちょっと気に入らないけど、ひなが幸せになれるなら僕もお手伝いするよ」

うっとりと目を細める一華に、ひなたは反論する気力も失せてしまう。

――ドレスも着物も、一華の方が似合いそうだけど。

学年一の天然系美人と誉《ほま》れ高い一華は、何故かひなたに関することとなると目の色が変わる。

下手に反論したり突っ込みを入れたりすると面倒なことになりかねないので、ひなたも千里も苦笑するしかない。

「まあ、式のことはおいといて……マジで最近ひな、元気ないよな」

「え、そうかな？　別に、何もないけど……」

「ふーん、ならいいんだけどさ」

不意に真顔で指摘され、ひなたは内心戸惑った。しかし平静を装って、小首を傾げる。

幸い千里はそれ以上は追求せず、話題は他愛のない日常の出来事に移る。

――よかった。バレてない。

実は最近、一華や千里、そして鷹矢にも秘密にしている悩みができてしまったのである。

この数日、下駄箱に『ラブレター』ならぬ『大嫌いレター』が入っているのだ。

華翠学院に入学する以前から、男性に告白されることは多かったので、ラブレターを貰《もら》うことには慣れている。

しかし『お前が大嫌いだ』と書かれた手紙を受け取ったのは初めてなので、怒りよりも戸惑いの方が強い。最近元気がないのは、この手紙が原因でもあるのだ。

――みんなに話したら、大騒ぎになるのは目に見えてるから黙ってよう。

いっそ手紙以外に何かされていれば、相談する気も起きただろう。けれど手紙以外にこれといった被害もないので、どうしていいのか分からないのが現状。

下手に騒いで大事になるのは恥ずかしいと思うし、それに鷹矢や一華達が必要以上に心配するだろうからひた隠しにしている。

「本当に、何でもないの？　隠し事してたら、怒るよ」

「うん。ホントに何でもないってば。一華は心配性だよね」

こそりと聞いてくる一華に、ひなたは笑顔で返す。

しばらくすれば、手紙の主も飽きてくれるだろう。

何が相手の気に障ったのかは分からないが、静かにしていればそのうち止めるだろうとひなたは楽観的に考えている。

――手紙くらいで怖がるなんて、恥ずかしいもんね。

自分へ言い聞かせるように心の中で呟くと、ひなたは普段通りの明るい笑みで、友人達との他愛ない会話に加わった。


鷹矢と同棲《どうせい》しているマンションに帰ったひなたは、リビングへ入るなりぽかんと口を開いて立ち竦んだ。

「鷹矢さん！　どうして、何で？」

まだ夕方にもかかわらず、普段は残業で帰宅は深夜になることの多い鷹矢が、キッチンで夕食の準備をしていたのである。

夢ではないかとひなたは疑い、自分の頬をつねってみた。

「痛いっ」

「夢じゃないから、安心していいよ」

くすくすと笑う鷹矢に、ひなたも満面の笑顔を浮かべた。

「昨日は休みなのに、いきなり会議が入ってしまったからね。三澤《みさわ》が『真面目に仕事をしたご褒美』をくれたんだよ」

三澤とは鷹矢の大学時代の後輩で、現在は彼の秘書を務めている青年だ。人当たりがよく、年下のひなたにも礼儀正しく接してくれる優しいお兄さん的な人物だが、仕事をサボりがちな鷹矢には容赦がない。

そんな彼が許可を出してくれたとなると、鷹矢は相当真面目に仕事をこなしていたのだろう。

「先にお風呂に入っておいで。出たら食事にしよう」

「はいっ」

いつもとは反対の立場が、なんとなく嬉しく感じる。

――鷹矢さんの手料理、美味《おい》しいんだよね。朝ご飯だけじゃなくて、お夕飯も食べられるなんてラッキー。

幸せな気分でお風呂に入った後、鷹矢の用意してくれた夕食を二人で食べる。

何てことのない平凡な日常。

けれどひなたの心は、すっきりとしない。

――…明日も、入ってるのかな……手紙。

夕食後、リビングのソファに座り、鷹矢の作ってくれた蜂蜜入りホットミルクを飲んでいたひなたは、ふと例の『大嫌いレター』を思い出してしまう。

気にしないと決めたけれど、やはり不安は消えない。

テレビを見ている鷹矢の横顔を、ひなたはそっと窺《うかが》う。

――相談、してみようかな……でも、鷹矢さんは忙しいんだから、こんな話したって迷惑になるだけだよね。

考えていると、ひなたの視線に気づいた鷹矢がリモコンでテレビを消した。そしてひなたの顔を覗《のぞ》き込む。

「ひなた？」

「あ、はい……」

「最近元気がないけれど、悩み事でもあるのかい」

「いえ。何もないですよ」

ふいっと横を向いて、動揺を隠すようにマグカップに口を付ける。

「本当に？」

優しい眼差しに、胸が高鳴る。

惚れた欲目じゃなくても、鷹矢はとても整った顔をしている。そんな彼に、至近距離で見つめられると冷静でいられなくなるのだ。

「う……」

「ひなた、教えて」

耳元で低く囁かれ、ひなたは耳まで赤くなった。

――鷹矢さんずるい！　えっちな声で聞くの、反則だよ！

このまま黙っていても、鷹矢の好奇心を刺激するだけなので危険だと、ひなたは判断する。

鷹矢のことだから、これに乗じてエッチな悪戯《いたずら》を仕掛けてくる可能性が高い。ならばいっそ、喋《しゃべ》ってしまった方が安全だろう。

「あ、えっと……千里に『いつ結婚式挙げるの？』って聞かれたんです。男同士で結婚式なんて、おかしいですよね」

咄嗟にひなたは、今日の昼休みにからかわれた話題を口にする。鷹矢との関係を持ち出してはネタにする千里に、少々困っているのは事実だ。

「一華も一緒になって、ドレスも着物も似合うとか言い出すし……って、鷹矢さん聞いてます？」

問いかけた本人が難しい顔をして黙り込んだので、ひなたは小首を傾げる。

何か気に障るようなことを無意識に言ってしまったのかと思ったが、どうやら鷹矢は全く正反対のことを考えていたらしい。

「式は教会がいい？　それとも神前？　いっそ両方する？」

真顔でそう返されて、ひなたはがっくりと項垂《うなだ》れる。よくよく考えてみれば、鷹矢はひなたとの婚約や同棲にも積極的だった。

なので結婚式ごときで動じるはずもないと、今更気づく。

それどころか、積極的に計画しかねなかった。

「……どっちでもいいです」

いつもなら大声で反論するところだが、手紙のことが心にわだかまっているひなたはそんな気力もなく、短い返事だけで終わらせてしまう。

「やっぱり、何か隠しているね」

「え……」

やはり、鷹矢は鋭い。

普段と違うひなたの態度を、完全に見抜いている。

――どうしよう！

しかしさすがの鷹矢も、悩みの原因が『大嫌いレター』だとは想像しがたいようだ。

「ああ、幸蔵《こうぞう》さんのことか。最近仕事が忙しくて、時間が取れなかったからね。週末になったらお見舞いに行こう。そうだ、病院に許可を取って病室に一泊する？」

指摘された内容にほっとしつつ、ひなたは思い切り首を横に振った。

「おじいちゃんは放っておいても平気です！　この間だって、電話したらすっごく元気で、看護師さんたちを困らせてたのを得意そうに話すんですよ。恥ずかしくってお見舞いになんか行けません」

ひなたが鷹矢と同棲しているのは、唯一の肉親である幸蔵が入院したことがきっかけでもある。現在は黒正グループの系列である病院に入院し、高血圧の治療を受けているのだ。

一時期は容態が悪化したが、今は大分落ち着いており、元々の明るい性格と親友である鷹矢の祖父、吉勝《よしかつ》が頻繁に見舞いに訪れていることもあって入院生活を楽しんでいる。

「じゃあ、何だろうね……やっぱり顔色が悪いと思うんだよ」

眉を顰《ひそ》めて、鷹矢がひなたの額に手を当てた。

「熱なんかないですってば」

振り払って睨んでも、鷹矢は全く引かない。

――もう、鷹矢さん心配性なんだから！

一華もそうだけれど、鷹矢も相当過保護である。

なかなか諦めてくれない鷹矢に、ひなたは半ばヤケになって語気を強めた。

「テストが近いから、勉強してるんです！　それで寝不足気味だから、顔色が悪く見えるんじゃないですか？」

「それだけ？」

「あ…う……」

冷静に切り替えされただけでなく、さり気なく腰に手が回され引き寄せられる。そのまま、ひなたは、鷹矢の膝に向かい合う形で乗せられてしまった。

――ずるいよ。

恋人が単なる好奇心からではなく、心配して聞いてくれていると分かるから、ひなたも無下《むげ》にはできない。

「……本当に、大したことじゃないんですよ」

そう前置きして、ひなたはぽつりぽつりと手紙のことを打ち明け始めた。

「この二週間くらい、ずっと…下駄箱に手紙が入っているんです……書いてあることは同じだから、一人の人が入れてるんだと思うんですけど……」

だが全てを正直に話せば、優しい鷹矢は心を痛めるだろう。特にこれといった被害が出ている訳ではないので、ひなたは核心をぼかしながら話を続けた。

「最近は手紙を貰ってなかったから、少し神経質になってるみたいです」

「差出人は、書いてないのかい？」

「ええ……だからちょっと怖くて……でも手紙くらいで落ち込んでたら、ばかみたいですよね」

えへへと、おどけたように笑って、ひなたは鷹矢を見つめる。

「ね、大したことじゃないでしょう」

ここで肯定の言葉が返ってくるとひなたは予想していたのだが、現実は違った。

「私にとっては、大事件だよ」

「へ？」

「君はあまりにも、無防備すぎる。それだけしつこくラブレターを送ってくる相手だと、この先何をするか分からないよ」

「た、鷹矢さんっ？」

いきなり抱き寄せられて、唇を塞《ふさ》がれる。突然のことで驚いているひなたの口内へ鷹矢の舌が入り込み、貪るように粘膜を嬲《なぶ》った。

「んんっ」

激しい口づけをすることは、これまでも何度か経験している。けれど何の前触れもなく、ここまで強引なキスをされたのは初めてだ。

舌を絡ませ、巧みに粘膜をくすぐる鷹矢のキスに、ひなたはすぐついていけなくなった。息苦しいと訴えたくて鷹矢の胸を叩くけれど、彼の腕はひなたを抱き締めたままびくとも動かない。

――あの手紙、ラブレターじゃないんだけど…絶対、勘違いしてるっ。

訂正したくても、唇から零れるのは喘ぎ声ばかりだ。

「んっ…ぁ…は……」

口づけに翻弄《ほんろう》されるひなたの体に、鷹矢の手が這《は》わされる。パジャマを脱がそうとしているのだと気づいたひなたは、渾身《こんしん》の力で唇を離した。

「っ…駄目ですよこんな所で…ホットミルク、零しちゃいます！」

「なら、これで気にならないだろう」

ひなたからマグカップを取り上げると、鷹矢がテーブルに置く。そしておもむろにひなたの体を、リビングの床に押し倒した。

「た、鷹矢さん……僕はただ、誰が書いてるのか気になっただけで………」

ひなたを組み伏せ、見下ろしてくる鷹矢の目は、まるで獰猛《どうもう》な獣のようだ。本能的な恐怖を覚えたひなたは、何も言えなくなってしまう。

「差出人が、そんなに気になるのかい？　私という婚約者がいるのに？」

ひなたは無言で、首を横に振る。

――……だから誤解だってば……でも心配させたくないから、本当のことは言えないし……。

普段通りの鷹矢が相手であれば、何とかごまかす言葉を紡《つむ》げたかもしれない。

けれど獣みたいな鷹矢を前に、ひなたの思考は怯《おび》えすぎて半ば停止状態に陥ってしまっている。

言葉で否定しないひなたに、鷹矢が焦《じ》れた様子で呟く。

「ひなた……いっそ、君を閉じ込めてしまおうか……」

優しく髪を撫でながら、鷹矢が微笑《ほほえ》む。

「鎖で繋いで、誰にも会わせないで……そうすれば、私も君も不安になることはないね」

背筋が、ぞくりと震えた。

こんな鷹矢を、ひなたは知らない。

「……怖いこと……言わないで下さい」

精一杯の勇気を振り絞って、ひなたは鷹矢を睨みつけた。

「どうして怖いと思うんだい？　私の側《そば》にいるのが嫌？」

「そうじゃなくてっ」

「君が無防備すぎるのが悪い」

きっぱりと言い切る鷹矢に唖然となる。

——僕が悪いって…どうして？

もしも本当のラブレターを受け取っていたのだとしても、鷹矢の発言は納得がいかない。手紙が一方的に送られてくるのだから、ひなたにはどうしようもないのだと、冷静に考えれば分かるはずだ。

怒りと呆れで、思わず声を張り上げた。

「鷹矢さん！」

「私は本気だよ」

再びその鋭い眼差しに捕らえられると、何も言えなくなってしまう。

——どうして、そんなこと言うんだろう？

怖いけれど、何故彼が酷いことを言うのか不思議でならないひなたは、じっと鷹矢を見上げる。

「ひなた……本当に閉じ込めたら、私を嫌うかい？」

するとと鷹矢の声が、僅《わず》かに覇気《はき》をなくした。瞳にはまだ凶暴な色が宿っていたけれど、
ひなたは意を決して口を開く。

「僕は鷹矢さんが大好きです、どんなことされたって嫌ったりしません！　でも……何でも言うこと聞くから、閉じ込めるとか鎖で繋ぐなんてもう言わないで！」

話すうちに感情が高ぶって、無意識にひなたの目尻には涙が浮かぶ。本気で鷹矢が望むなら、何をされても構わない。けれど今のように、理不尽な怒りの感情を剥《む》き出しにする鷹矢は怖くてたまらない。

普段の優しい鷹矢に戻ってほしくて、ひなたは必死の思いで彼に訴えかけた。

「本当に？」

「はい……だから、怖いことは言わないで下さい」

祈るように、ひなたは鷹矢を見つめる。

——怖い鷹矢さんは、嫌だよ……。

ゆっくりと顔が近づき、鷹矢が額にキスを落とした。その表情には穏やかな微笑みが戻っており、ひなたはほっとして体の力を抜く。

しかし喜んだのも束《つか》の間、鷹矢の手がパジャマのズボンの中へと入り込み、下着越しにひなたの中心を扱いた。

「ん、アッ」

「可愛いひなた…愛してるよ」

同時に耳朶《みみたぶ》を噛まれ、体がびくりと跳ねる。

床には絨毯が敷いてあるのでもがいても痛くはないが、こんな場所で痴態《ちたい》を曝《さら》すのは恥ずかしすぎる。

——いきなり……やっン。

感じる場所ばかり狙って愛撫する鷹矢に、ひなたの体はあっさりととろけてしまう。

恋愛もセックスも、全て鷹矢が初めての相手と言っても過言ではない。週末ごとに濃厚な愛撫を受けているひなたの体は、鷹矢好みに開発されかかっているのだ。

「た…かや……さん…っ…やめ、て……」

身悶えるひなたから、鷹矢がズボンと下着を抜き取る。パジャマの上着だけにされてしまったひなたは、恥ずかしい部分を隠そうとするけれど、鷹矢に押さえつけられているので、ほとんど抵抗できずに終わる。

「いや……ぁ……」

「そうかい？　ここはもう、悦さそうだよ」

反り返った中心を撫でられて、ひなたは声にならない悲鳴を上げた。裏側の根本を指先でくすぐられると、頭の奥がじんと痺れたようになる。

「っく……ぅ……」

急激に高められたせいで、体の変化に心が追いつかない。混乱したひなたは闇雲に手足をばたつかせるけれど、鷹矢は平然と愛撫を続ける。

「もう出そうだね」

そう言って、鷹矢が爪の先で鈴口を引っかく。既に先走りの滲《にじ》んでいた先端は、強い刺激に反応してぴくんと跳ねた。

――っ…出ちゃう……。

けれど寸前で、鷹矢の手が根本を押さえつけ射精を阻んだ。

「やんっ」

思わずねだるように腰を押しつけてしまうと、小さく笑う声が聞こえた。ひなたが達しそうだと知って、わざと射精を止めたのだと気づく。

「た、鷹矢さん」

「まだ駄目」

「意地悪っ」

いつもなら焦らしたりせず、ひなたの求めるままに快感をくれるのに、今日の鷹矢は違った。

射精するタイミングを失い、切なげに震える中心を放置したままひなたの後孔へと指を滑らせる。

強引に両脚を広げられ、全てをさらす姿勢を取らされたひなたは、羞恥《しゅうち》で泣きそうになる。

――――酷いよ……。

鷹矢にならば、どんなに恥ずかしいことをされても構わないと思っているのは真実だ。でもこんなふうに、心が伴わず体だけを嬲るような抱き方をされるのは初めてで、酷く胸が痛んだ。

しかし鷹矢は、そんなひなたの心情に気づかない様子で、狭い後孔へ指を押し込む。

「ツン」

痛みはあったが、すぐに快感の方が強くなった。

——あ、昨日したばっかりだから……すぐ、感じちゃう…。

昨日たっぷりと愛された後孔は、少し弄られただけで柔らかく解《ほぐ》れる。愛撫している鷹矢も、内部の変化を察して意地悪く微笑む。

「どうする？　指だけでいい？」

円を描くように指を回し、肉壁を擦る。それだけでも電流のような刺激が背筋を伝って走り抜け、ひなたを苛《さいな》んだ。

「…ぃや……ぁ…」

だが、決定的な刺激は与えられず、焦れったい快感だけが蓄積していく。

「ちゃんと言って、ひなた」

物足りないと訴えるひなたに、鷹矢はもっと恥ずかしい言葉を口にするようにと強制する。

「っふ…ぁ…」

戸惑い、視線をさまよわせると、内部で指が蠢《うごめ》き感じやすい部分を強く擦り上げた。堪《たま》らずひなたは、腰を揺らめかせる。

「…た…鷹矢さんを……入れて欲しいの…」

「どこに？」

「僕の、お尻……」

恥じらいながら、ひなたは自分の指でほころんだ後孔を更に広げた。

――恥ずかしいよっ…鷹矢さんのばかっ……えっち！

トマトのように真っ赤になったひなたの頬を、鷹矢が撫でてくれる。

「よくできたね、ひなた」

些細なことだけれど、こうして優しく触れてくれるだけで嬉しくなる。やっと優しい鷹矢に戻ってくれたのかと思ったが、すぐに違うと分かった。

「それじゃ、もう少し頑張ってみようか」

――まだ何かしなくちゃいけないのっ。

文句を言おうとしたひなたを抱き締めると、いきなり鷹矢が体を反転させ位置を入れ替える。

「ひゃあっ」

「自分で挿《い》れてごらん」

横たわる鷹矢に跨《また》がる形となったひなたは、きょとんと目を見開く。

「ええっ」

「欲しかったら、自分でしなさい」

騎上位《きじょうい》は何回かしてるけど、自分で挿れるのは初めてだ。

「何でも言うことを聞くと言ったのは、嘘なのかい？」

「う……」

そう言われてしまうと、ひなたは逆らえない。

――意地悪……でも、約束しちゃったし……。

少しだけ後悔するけれど、もう遅い。

乱れたパジャマの上着をぎゅっと握り締め、深呼吸をして気持ちを落ち着かせる。そして体を鷹矢の太腿《ふともも》の上にずらすと、スラックスのファスナーを下ろす。

――わっ…もうこんなになってる。

隙間から取りだした鷹矢自身は既に半ば勃ち上がっており、ひなたはこくりと唾《つば》を飲む。自分の痴態を見て、彼も感じていたのだ。

自分ばかりが乱されたのではないという証を前にして、胸の痛みが僅かに消える。雄は触ると手の中でびくりと震え、先端に先走りを滲ませた。

「手で支えて、ゆっくり腰を落とすんだよ」

「……はい……」

鷹矢に命じられるまま、ひなたは雄を手で支え腰を上げた。

――堅くて熱い……先っぽが、ぬるってしてる。

後孔に先端が触れただけで、下半身がぞくぞくと痺れる。

「挿れ、ますね……」

「いつでもいいよ」

ひなたは覚悟を決めると、屹立《きつりつ》した雄の上に腰を落とした。

指で解されていたせいもあり、先端は楽に入り込んだ。けれど続くカリの部分は、さすがに辛い。

「んっ」

一瞬、動きが止まってしまう。すがるように鷹矢を見たが、彼は止めてくれる気配はなかった。

――広がっちゃう……本当に、入るのかな？

不安に思いつつも、ひなたは自分の体重で雄を埋めていく。

「あ、は……ぅ…」

一際太いカリが、狭い入り口を通り抜けた。肉壁を押し広げながら入ってくる感覚に、ひなたはイきそうになる。

「ひなた」

「あ、はい……」

呼びかけられて、意識が快感から逸れた。

「イくのは、全部挿れてからにしようね」

「……分かってます！　っく…」

強がってみても、貫かれている途中なので語気に力はない。言葉が意味のない嬌声に変わりそうになるのを堪《こら》えるので、精一杯だ。

それでもどうにか、鷹矢の雄を根元までくわえ込むことに成功する。

「上手にできたね」

「…ん……」

労《いたわ》るように下腹部を撫でられて、ひなたはほっと息を吐く。

——全部、入っちゃった……。

お腹の奥まで堅い雄に犯され、後孔がぴくぴくと痙攣《けいれん》する。

「はふ……」

「ひなたは、どこがいいのかな？」

「え？」

それまで何もしなかった鷹矢がひなたの腰を掴み、軽く揺さぶった。

「ひ、ぅ…」

「入り口？　それとも奥？」

張り詰めた欲望に肉襞を擦られ、下半身が疼く。

「全部…です……っ」

正直に答えたにもかかわらず、鷹矢は何事かを思案しているらしく無言のままだ。

今度は何を要求されるのか、ひなたは次第に不安になってくる。

——また、怖い鷹矢さんに戻っちゃうのかな？

すると不意に鷹矢が、繋がった部分を指先でそっと突く。そのまま反り返ったひなたの中心に指を這わせ、にこりと笑った。

「やっ」

中心は今にも吐精してしまいそうだが、鷹矢は寸前で愛撫を止める。

「ひなたのしているところを、見せてほしいな」

「へっ…してるとこって、自分で触るってこと？」

「そうだよ」

「無理です……」

いくら何でも、鷹矢の前で自慰をするなんて恥ずかしすぎる。それも繋がった状態でなんて、想像しただけでひなたは首まで真っ赤になった。

「駄目。じゃあひなたがイくまで、続きはしないからね」

鷹矢がひなたの手を取り、半ば無理矢理中心へと導いた。

自慰の経験はあるけれど、他人に見られながらするなど初めてのこと。

――酷いよ…鷹矢さん……。

しかし、鷹矢はひなたの手を中心に添えて握ると、そのまま上下に扱く。

「っ…はふ……」

「動かしてごらん。ひなたはいい子だから、できるよね」

「う、ん…ッ」

仕方なく、ひなたは今にも弾けそうな自身を扱き始めた。中途半端な状態で放置されていた中心は、刺激を与えられると見る間に張り詰めてくる。

鷹矢と繋がった部分も自慰の刺激ですぼまり、より強く雄の存在を感じてしまう。

「あっん……ぁ」

明るいリビングで、鷹矢と繋がったまま自慰をするなんて、恥ずかしすぎて堪《たま》らない。

だがそれすらも、背徳的な快感をひなたに与える。

「ダメッ…見ないで……」

「ひなた、途中で止めちゃいけないよ」

手を離そうとすると、乱暴に突き上げられる。

後ろと前と、同時に感じてしまい、ひなたは次第に快感の虜《とりこ》となっていく。

——やだ…鷹矢さんが見てるのに……止まらない。

自ら感じやすい先端に指の腹を擦りつけ、とうとうひなたは射精してしまう。

「っー……」

飛び散った蜜液が、お互いの腹を濡らす。

焦らされた時間が長かったせいか、その量はかなり多い。

「気持ちよかったみたいだね。ココがずっと、きゅうきゅう締めつけていたよ。それにしても、ひなたの蜜は美味しいね」

「鷹矢さんのばか……もういいでしょう！　恥ずかしいのはもう嫌っ」

目の前で鷹矢が、ひなたのパジャマにこびりついた精液を指で拭《ぬぐ》い口に運ぶ。そんないやらしい姿を見せられて、たまらず泣き出してしまった。

「…意地悪…うっ…えっち……っく…」

涙と鼻水を、パジャマの袖《そで》で拭う。お行儀が悪いけれど、ティッシュに手が届かないのだから仕方ない。

——明日のお洗濯、鷹矢さんにしてもらおう！

そんなひなたの気持ちが通じたのか、少しだけ鷹矢が困った表情を浮かべた。

「泣くほど嫌なら、もう止めようか」

「……やだ」

エッチ自体を止めてほしいのではなく、『恥ずかしいエッチ』をしないでほしいだけなのだ。

一度はイッたけれど、体の芯はまだ疼いている。

ひなたは無意識に、腰を揺らめかせた。

「あ、あのね…鷹矢さん…僕……」

「そうか、ひなたは中に出されるのが好きなんだっけ」

直球の指摘に、何と答えればいいのか分からない。何度も抱き合っているから、鷹矢はひなたの体のことなど全て知っているはずだ。

——どうして、こんなに意地悪するの？

意地悪をするからには、理由があるはずである。単純に考えれば、理由は一つしか思い浮かばない。

「……僕のこと、嫌いになったんですか？」

「違うよ」

すぐに否定をしてくれたので、ひなたは安堵する。嫌いだから意地悪をしたのではないとすれば、一体どんな訳があるのだろう。

ひなたが小首を傾げると、鷹矢は辛そうな表情になる。

「誤解しないで、私の可愛いひなた」

鷹矢の手が、ひなたの手を包み込む。

大きくて、暖かい手。

自分を守ってくれる、優しい手だ。

「君が好きすぎて、滅茶苦茶にしたくなるんだ。さっきのような話を聞いてしまった後は、特にね」

――話って…手紙のこと？

意味はよく分からないけど、意地悪なセックスを強《し》いたのは悪意があったからではないと、ひなたもやっと納得できた。

しかし悲しげに言う鷹矢を見ていると、別の不安が生まれてくる。

「ごめんねひなた」

「いいえ、構いません。でも……っあ」

僅かに動いただけでも、電流のような快楽が全身を駆け抜ける。達して敏感になっているせいか、この体位は特に感じてしまうらしい。

「今は君を、満足させないといけないね」

「…鷹矢さん、早く……あ、はふ……やんっ…」

揺さぶられて、ひなたは甘く喘ぐ。

達したばかりの中心も、後ろからの刺激だけで熱を取り戻しつつあった。

「痛かったら、言うんだよ」

「何でもいいから、早く中に出して！　ひゃぅ…ン…」

「もっと乱れてごらん」

普段よりも、突き上げてくる動きは乱暴だ。

それにひなたを見つめる視線も、先程見た凶暴な色が戻っている。

「あ、ああっ」

「私だけの、ひなた」

「…た…かやさん…ッ……やぁ…」

がくがくと体が痙攣し、ひなたは二度目の解放を迎える。先程よりも薄い蜜が先端から零れ、後孔が締まった。

程なく鷹矢も、その締めつけに促されるようにして、ひなたの中へ精液を注ぐ。

――……っ……鷹矢さんの…精液……奥まで、来て……っあ。

とろけた肉壁に大量の精を浴びせられ、ひなたはまた軽く達してしまう。

「あ…ンッ」

一つに解け合ってしまうような甘い快感に、うっとりと目を細める。

「気持ちよさそうだね、ひなた……」

そう告げる鷹矢の声も、欲情で掠《かす》れている。

「…たかやさんも…きもちいい?」

「いいよ」

自分だけではなく、鷹矢も感じている。当たり前のことなのだろうけど、それがとても嬉しい。

「ひなたとずっと、繋がっていたい」

「僕も……」

くたりと力が抜けて、ひなたは鷹矢の胸に倒れ込む。すると鷹矢が、強く抱き締めてくれる。

――手紙の勘違い…説明するの、今度でいいかな……。
今は何も話さず、ただ互いの体温を感じていたい。
結局間違いを訂正できないまま、ひなたは鷹矢の与えてくれる快楽に溺《おぼ》れた。

翌日、ひなたは学校を休む羽目になった。
あれから鷹矢の部屋に運ばれ、深夜まで体を求め合ったので、当然の結果ともいえる。
最後の方はほとんどひなたは記憶がなく、気絶するようにして眠りに落ちた。
「…ま、鷹矢さんもいっぱい謝ってくれたし…いいんだけどさ……うぅっ」
ベッドの中で、ひなたはくぐもった悲鳴を上げた。
寝返りを打つと、体のあちこちが痛む。
鷹矢は会社を休むわけにはいかないので、ずっとひなたの体調を気にしながらも先程出社した。

――でも……。

起きてからずっと、ひなたの胸には重たい石みたいな不安がどっかりと乗っかっている。鷹矢とはお互い想い合っていると思うし、信じてもいる。だがなんとなく彼に流されるばかりのような気がしてならないのだ。

というか、実際流されっぱなしの自分が情けない。

――僕が手紙を貰ったってだけで、どうして鷹矢さんはあんなに怒ったんだろう？

昨夜のことも、結局解決しないままであることが、不安に拍車をかけていた。

「僕……鷹矢さんと結婚していいのかな？　気にしないって言ってくれたけど、男同士だしさ……普通じゃない婚約なんだから、嫌になっても仕方ないよね」

思わず不安を口にしてしまうと、一気に気持ちは沈んだ。

――本当は手紙のことなんて、気にしてないのかも……えっちの時に意地悪したのは、僕と結婚したくないからかな？　だからわざと、怖いことしたとか……。

手紙を口実にひなたをいじめたと考えると、なんとなく辻褄《つじつま》が合う気がしてくる。同棲までしているこの状況で婚約破棄を切り出すには、何かきっかけが必要だろう。

滅多なことでは落ち込まないひなたを暗い気持ちにさせているのは、鷹矢のことばかりではない。

例の『大嫌いレター』も、ひなたの不安を煽っている。

初めのうちは質の悪い悪戯だと考えるようにしていたが、こう頻繁に続くとさすがにひなたも、自分に非があるのではと考えるようになってしまったのだ。

――だって見ず知らずの相手から、こんな手紙を送りつけられるなんて、よっぽどのことがないとありえないよね？

自問自答しても、明るい答えなど出てこない。それどころか逆に、自分を追い詰めるような悪い答えばかりが頭に浮かぶ。

――本当は僕ってすっごく性格悪くて、他の人と結婚なんて絶対無理だから、鷹矢さんが可哀想に思って婚約してくれたんだったらどうしよう……それで今になって『やっぱり無理』って思ってたら……。

ただでさえネガティブになっている時に、物事を悪い方向に考えると、思考は加速を付けて暗い方向に転がっていく。

「最悪…かも……ううっ」

布団の中に潜り込んだひなたは、体と胸の両方の痛みに苛まれ涙を零した。

些細なすれ違いの夜から数日が経過しても、事態は全く変化しなかった。

「それで、例の手紙は？」

「今日も来てたよ」

「何でもっと早く言わないの！　もう放課後だよ！　ひなってば、しっかりしてよ！」

結果として『大嫌いレター』は、一華と千里にバレてしまった。一華曰《いわ》く、『あれだけ暗い顔をして塞ぎ込んでいるのだから、何かあったと思わない方がおかしい』とのことだった。

「まあまあ、ひなが悪いんじゃないんだから、そう怒るなって」

「そうだけどさ、放っておくからその手紙の差出人はつけ上がったんだよ。初めのうちに

手を打っておけば、こんなに長く手紙を入れ続けることもなかったと思うよ」

一華の意見はもっともなので、庇《かば》ってくれた千里も苦笑いをするしかない。

「その上、手紙以外にも悩み事があるみたいだし」

「へ？　……あ、うん……」

途中から物思いに耽《ふけ》っていたひなたは、一華の視線に気づき慌てて首を振る。

「分かってるって。大丈夫」

「話、聞いてなかったでしょ」

盛大な溜息をつくと、一華は鞄に教科書を詰め始めた。

「今日は僕、クラス委員の会議だから、千里がちゃんとガードしてあげてよね」

手紙の件が知られてから、ひなたは誰かと一緒に帰宅することを一華に約束させられていた。

そこまでする必要はないと言い張ったのだが、キレかけた一華に気圧《けお》され頷いたのである。

「絶対に、一人にならないこと。いいね」

「はーい」

毎日繰り返されて、すっかり辟易《へきえき》しているが返事をしないと一華が怒るのでひなたは渋々頷く。

——一華ってば、鷹矢さんみたい。

大騒ぎに発展させたくないから、二人には教師や他の生徒には内緒にしてもらっている。何だかんだ言いつつも、ひなたのわがままにつき合ってくれた上、心配されているのだから、それなりに感謝もしているのは事実だ。

「もっと早く言えば、一華に説教されずにすんだのに。ひなってておバカだよな」

「うるさいなー、一華が心配しすぎなんだよ。何された訳でもないのに、大げさに心配してさ」

普段はおっとりした一華が、ここまで豹変《ひょうへん》するとは思ってもみなかった。それだけ自分のことを心配してくれているのだろうけど、ひなたにしてみれば『保護対象』と指摘されているみたいで少々閉口している。

——そんなに僕、頼りないのかな？

鷹矢も一華以上に、自分を過保護に扱う。ちょっとした意思表示もできない、弱々しい性格なのだろうかと考え始めてしまったひなたの肩を千里がぽんと叩く。

「それだけ心配なんだろ。手紙のこと知らされた日なんて、もっと凄《すご》かったんだぞ。加洲院家のＳＰつけた方がいいかって真剣に相談されてさぁ……それはさすがに止めろって言ったけど」

「ありがとう、千里」

鷹矢との関係をからかってばかりの千里だが、今回の件に関してはひなたは心から感謝した。

心配してくれる気持ちは嬉しいけれど、さすがにひなたも申し訳なくなってくる。今日だって反対方向に自宅のある千里が、わざわざひなたのマンションまで送ってくれるのだ。

「んじゃ、俺達も帰ろうぜ」

「一人で帰るから大丈夫だよ」

「気にするなって……っと携帯」

どうやらメールが届いたらしく、千里はポケットから携帯を取り出すとしばし画面を見つめてから眉を顰《ひそ》めた。

「やっべ、忘れてた」

「どうしたの？」

「彼氏てか、彼氏になりかけの相手から……この間約束すっぽかしたから、今日会う約束してたんだ。少し遅れてもいいか、メールしてみる」

「いいよ、彼氏さんに悪いし。僕は平気だから、早く行ってあげなって」

言うと千里は、少しだけ考え込む。そして意を決したように、口を開いた。

「……ごめんな、ひな。どうしても、会いたい相手なんだ」

「平気だから、気にしないで」

ころころとつき合う相手を変える千里が、一人に執心するなど珍しいことだ。日頃からひなたも一華も、口を酸っぱくして『一人に絞れ』と言っているので、少しでも千里に心境の変化があったのなら友人として是非応援しないとならない。

「本命さんなら、逃しちゃ駄目だよ」

「もちろん！」

照れたように笑って、千里が鞄を掴むと教室を出て行く。しかし扉の前でくるりと振り返り、大声で叫ぶ。

「人気のない場所は、絶対に一人で歩くなよ！　それと、帰ったら一華にメール入れろよ。あいつ心配するからさ！」

「分かってる！　頑張ってね！」

叫び返して、ひなたも思わず微笑んでしまう。

――やっぱり、友達っていいよね。

華翠学院へ入学した当初は、毎日のように告白されていたせいで気が滅入っていた時期もあった。そんな時、一華や千里と友達になり、楽しい学生生活を満喫できるようになったのだ。

――これで、あの嫌な手紙が解決してくれたら、もっと嬉しいのに。

ひなたは深く考えないようにして、学院を後にした。


一人になると、どうしても思考はネガティブに傾いてしまう。一人で駅までの道を歩きながら、ひなたは溜息をつく。

――鷹矢さん、次はいつお休み取れるのかな。

あれから鷹矢が変なことを言うことは全くなくなった。けれど仕事が忙しくなり、彼とはゆっくり話ができないでいる。

何故鷹矢が、あんな酷いことを言ったのか、ひなたは知りたかったが、聞き出せる機会がないのだ。

――嫌われては、いないよね？　今朝だって、いつも通りだったし……。

先に出社する鷹矢に求められて、行ってらっしゃいのキスはした。

慌ただしい日々が続く中、鷹矢はできる限りひなたとのスキンシップを取ろうとしてくれている。

それ自体は嬉しいけれど、不安が解消されないまま求められても、気持ちはすっきりしない。

「……やっぱり、千里にお願いして一緒に帰って貰えばよかったかな」

かなり特殊だが、千里は恋愛のエキスパートである。真剣に相談すれば、アドバイスの一つでもしてくれるに違いない。

――……あれ？

ふと背後から鋭い視線を感じて、ひなたは立ち止まって振り返った。けれど、自分を観察しているような人物はとくに見当たらない。

「気のせいかな……」

とは思ったものの、少し歩くとまた後ろに気配を感じる。

なんとなく後をつけられている気がして、ひなたは落ち着かなくなってくる。

――……まさかね。

教室を出る時も、背後から足音がついてきている気はしていた。でも後ろを振り返る勇気がなく、ひなたはあえて考えないようにしたのだ。

だが本当につけられているのであれば、放って置くのはさすがに危険だと感じる。

――手紙の差出人が、つけてきてるのかな？　そうじゃなかったとしても、後をつけてくるって普通じゃないよね。

しかし、気のせいである可能性も当然ある。ひなたは少し考えてから、思い切った行動に出た。

携帯電話を手にすると、そのまま人気のない路地へと走り込んだのである。

――もし尾行してるなら、ここについてくるはず。何かされそうになったら全速力で逃げればいいし、その間に短縮で鷹矢さんに連絡して……。

そう考えながら背後を確認しようとした瞬間、突然手の中の携帯電話が鳴り出した。

「ひゃあっ」

尾行されていると思い込んで行動していたひなたは、素《す》っ頓狂《とんきょう》な悲鳴を上げてしまう。

けれど呼び出し音が鷹矢に設定してある音楽だと気づき、急いでボタンを押して耳に押し当てた。

「もしもし」

『ひなた、今どこにいる？　……ちょっと電波が悪いみたいだね』

「えっと……学校の近くの駅です」

まさか尾行されているか確認したくて、路地にいますとも言えず適当にごまかす。

『そうか……もし良かったら、オフィスに来ないか？　こっちで御飯を食べて、一緒に帰ろう』

「いいんですか？　お仕事は？」

『大丈夫だよ、君が来るまでには終わらせるから』

「じゃあ、急いで行きますね」

鷹矢と一緒に過ごせることが純粋に嬉しくて、自然とひなたは微笑んだ。

『ああ、待ってるよ。早く君の顔が見たいから、タクシーでおいで』

「はい！」

満面の笑顔で電話を切ると、ひなたは急いで路地から飛び出す。

――こんなこと、している場合じゃないもん。

つけてくる人物のことは気になったが、今は早く鷹矢と会いたかった。一緒に暮らしており、毎朝顔を合わせてはいても、落ち着いて話す時間はない。

少しでも鷹矢と同じ時間を共有したいと思うのは、恋をしている証拠だろう。

「やっぱり、ちゃんと聞こう」

怖がってばかりいても、何も進展しない。だったら勇気を振り絞って、鷹矢にこの間のことを聞いてみるのが一番だ。

もし鷹矢がひなたに対して何か思うことがあるのなら、正直に告げてもらいたい。

「すいませーん！」

大通りへ出たひなたは両手を振ってタクシーを止めると、すぐさま乗り込んで行き先を告げる。

鷹矢のオフィスが入っているビルは都内でも有名なので、運転手は丁寧に返事をするとアクセルを踏み込む。

――えっ？

何気なくバックミラーへ視線を向けたひなたは、後方に学院の制服がちらりと映ったのを見逃さなかった。

改めて振り返ると、街路樹に隠れるようにして確かに華翠学院の生徒が立っている。走り出したタクシーの中からでは、人相も学年を表すネクタイの色も確認できなかったが、あの制服は華翠学院のものだ。

――本当に、尾行されてたのかも……。

疑惑が、確信に近くなる。

ひなたの背筋を、冷たいものが伝い落ちた。

タクシーを降りて、ひなたはオフィスに向かうエレベーターへと乗り込む。以前一度来たけれど、やはり緊張してしまう。

「お待ちしてました」

「三澤さん！」

エレベーターを降りると、前回来たときに中を案内してくれた三澤が受付に立っており、ひなたは笑顔で駆け寄る。

「お久しぶりです。三澤さんは、もう帰るんですか？」

「いえ、専務を残して秘書の自分が帰ることはできませんよ。こちらへどうぞ、専務がお待ちです」

先に立って歩き出した三澤の後ろで、ひなたは小首を傾げた。

「あれ……鷹矢さん、まだお仕事終わってないんですか？」

「申し訳ありません。咲月さんにお電話した直後、緊急の仕事が入ってしまったんです。でもそう長くはかからないので、ご安心下さい」

——何だか、大変そう。

黒正グループを継ぐために、鷹矢は勉強中なのだとひなたは聞かされている。

鷹矢の祖父で、現在グループを統括している吉勝は、ほぼ鷹矢に継がせる気でいるらしい。

しかし多岐《たき》に渡って会社を経営する巨大な黒正グループともなると、他の親族達を納得させなければならず、鷹矢はその実力を示すために日々努力している真っ最中なのだ。

「専務、咲月さんがお見えになりました」

ドアを開けて、三澤が中へ入るように促してくれる。ひなたがぺこりとお辞儀をすると、三澤も笑顔で会釈《えしゃく》を返し部屋を後にする。

「鷹矢さん」

「すまない、せっかく来て貰ったのに……」

「気にしないで下さい。それよりお邪魔になるようでしたら、僕は帰りますけど」

書類と睨めっこをしていた鷹矢が顔を上げ、ひなたを手招く。

——お仕事してる鷹矢さんて、格好いいんだよね……。

仕事をしている時の鷹矢は、眼鏡をかけていることが多い。今もノンフレームの眼鏡をかけて高級なスーツに身を固めているせいもあって、いかにも『有能で仕事をばりばりこなす専務』というオーラが出ている。

事実そうなのだろうけど、ひなたが側に寄るとあっと言う間に『有能オーラ』は消滅した。

「帰るなんて言わないでほしいな。ひなた」

「たっ、鷹矢さん……」

ぎゅうっとひなたを抱き締め、啄《ついば》むようなキスをしてくる鷹矢に専務の威厳はない。

――鷹矢さんがオフィスでこんなことするなんて、社員の人達は知らないんだろうな。

そう考えると、自分だけが鷹矢の秘密を知っているような得意な気分になる。

「でもどうしましょう、お仕事……レストランが閉まるまでに終わりそうですか？」

「難しいね。もしひなたさえよければ、ビルに入っているお店からデリバリーを頼もうと思うんだけど」

「そんなこと、出来るんですか！　僕、出前ってピザとラーメンしか頼んだことないから、レストランの出前ってどんな感じか見てみたいです」

「別に変わったことは、ないと思うよ」

目を輝かせるひなたに、鷹矢が微苦笑を浮かべる。

ともあれ、デリバリーを頼むことで意見が一致したので、ひなたは早速三澤を通じてビル内にあるイタリアンレストランに料理を注文した。

三十分ほどしてオフィスに運ばれてきた料理は、上品なお弁当ケースに入っており、ひなたはドキドキしながら蓋《ふた》を開ける。中身はシェフのお任せにしたので、何が入っているかは分からない。

「わーっすごい！　お花見のお弁当みたい！」

「ひなたに喜んで貰えて、嬉しいよ」

しかし予想以上に豪華なお弁当が出てきたので、ひなたは大満足で食べ始めた。

「こういうのも、楽しくていいですよね」

鷹矢のオフィスは高層階にあるので、広い窓からは夜景が見渡せる。

――レストランだと緊張しちゃうけど、鷹矢さんと二人きりならマナーとか気にしなくていいもんね。

そんなことを考えながら、ひなたは伊勢エビのクリームパスタを思い切り頬張る。

一方鷹矢も向かいに座るひなたの様子を気にしつつ、フォークと書類を交互に持って食事と仕事を両立させていた。

――あ、そうだ……鷹矢さんと真面目に話をするって決めてたんだ。

食事に夢中になっていたひなたは、ふと思い出して鷹矢を見る。しかし既に食べ終えて書類に目を通す鷹矢を前にして、声をかけるタイミングが見つけられない。

――後にしよう。今お話したら、邪魔するだけだもんね。

デザートもほとんど食べ終わった頃、不意に鷹矢がひなたの頬を指差した。

「ひなた、ラズベリーソースがついてるよ」

「へ？」

バニラアイスにかけられていたラズベリーのソースが、口の端についてしまったらしい。

ナプキンで拭うけれど、場所が違うらしく鷹矢が首を横に振る。

「そっちじゃなくて……」

わざわざ席を立つと、鷹矢がひなたの座っている椅子の方に回り込む。

「ぁ……」

ひなたの顎に手を添えると、鷹矢はそのまま素早く上向かせて口の端についてるソースを嘗め取った。

しかしそれだけでは終わらず、すぐに唇が塞がれてしまう。

「……鷹矢さん…まだ食事中……っ…アイスがまだ……」

「君を食べたくなった」

「えーっ…んっ…ふ」

文句を言おうとして開かれた口に、鷹矢が素早く舌を滑り込ませた。

こうなると、ひなたは太刀打ちできない。

やんわりと口腔《こうこう》を嘗め、歯をくすぐる舌先に翻弄《ほんろう》されるままになる。

「…ん……は、ぅ…」

――…アイス溶けちゃうよ…でも…キス……きもちいい……。

鷹矢とのキスに、ひなたも大分慣れてきていた。おずおずと舌を絡めると、粘膜が擦れて淡い快感が生まれる。

うっとりと目を細め、ひなたは鷹矢の首に腕を回す。

――…どうしよう…アイスより、僕が先に溶けそう……。

互いの唾液が絡ませあう深い口づけは、ちゅっという可愛らしい音で終わった。

「たかや、さん?」

しがみつくひなたの腰に鷹矢が手を回し、デスクへ寄りかからせる形で立たせる。ぽん

やりと鷹矢を見つめていたひなたは、彼の手がブレザーを脱がしたところでやっと我に返った。

「ほ、本当にするんですかっ?」

「嫌?」

「だってここ、会社ですよ!」

専務である鷹矢の部屋へ、ノックもなしに入ってくる社員はいないだろう。けれど完全に無人ではないから、誰かに見られてしまうのではという恐怖感はある。

困惑するひなたを余所《よそ》に、鷹矢は手際よくズボンのベルトを外し、着衣の隙間から手を忍び込ませた。

「あっ」

下着越しに中心を握り込まれて、ひなたはびくりと体を竦ませた。

「キスで、感じた?」

既に中心は、堅くなりつつあった。触られれば言い訳のしようもなく、ひなたは真っ赤になりながらこくりと頷く。

「……う…だって…鷹矢さんが悪いんですよ……あんな、キス…するから」

「普段通りのキスだと思うよ」

耳朶を甘く噛みながら、鷹矢が囁いた。

――話したかったけど……これじゃ無理そう……っ。

それだけでも、腰がぞわりと震える。

「ひなたが、敏感になってきている証拠だね」

「敏感かどうかなんて……分かりません…っ…」

中心を擦られ、ひなたは息を詰めた。

鷹矢の言葉が本当かどうかは分からないが、今は酷く感じているのは事実だ。

「やっ、鷹矢さん？」

いきなり鷹矢が、抱いていたひなたの体を反転させた。

寄りかかっていたデスクに両手をつく形になったひなたは、背後から抱き締める鷹矢を肩越しに見上げる。

「ひなたが欲しいよ」

――そんな声で言われたら、逆らえないよ。

欲情を隠しもしない声に、脚から力が抜けてしまう。

「わっ…」

咄嗟《とっさ》にデスクへしがみつくと、自然に鷹矢へ腰を突き出す形になる。鷹矢がそんな機会を見逃すはずもなく、ひなたの腰を抱え半脱ぎ状態だったズボンと下着を膝まで引き下ろす。

「服を汚さないようにしないとね」

言うことはもっともだけれど、ならばこんなことをはじめからしなければいいのにとひなたは思う。

けれど熱を持ち始めた下半身に触れられると、冷静な思考は快楽に溶かされる。

――このまま、するのかな？

立った状態で鷹矢を受け入れるのは初めてだ。横になってセックスする時でさえ苦しいのに、これで本当に受け入れられるのか不安になる。

「やんっ」

制服のシャツの上から乳首を弄られたひなたは、嬌声を上げて背を反らす。

「ここも、敏感になったね。もう少し頑張れば、胸でイけるようになるかもしれないよ」

「そ、な……の、無理っ…ッン」

布越しの刺激でも、酷く感じてしまう。

——本当に、胸だけでイッちゃえるようになったら……うわっ、それすっごく恥ずかしい。

「ひっぅ……あん…」

両手で乳首を摘《つま》まれ、擦られる度に、勃《た》ち上がった中心から先走りが零れる。さすがにイくまでには至らないけれど、体はあられもなく乱れてしまう。

「た、かやさ……胸、もう嫌だよ」

「ああ、そうだね。そろそろいいかな」

首筋に唇が触れ、微かな痛みを覚える。

——跡、付けられちゃった。

恥ずかしいけれど、鷹矢が抱いてくれた証でもあるから、嬉しくもある。

やっと胸から手が離れて、ひなたはほっと息をついた。でも堅く尖った乳首は、少しでも動くと布と擦れ、もどかしい刺激をひなたに与える。

「は、ふ」

「もう少し、我慢できるね」

「……はい」

鷹矢はひなたが床に座り込まないように片手で腰を抱き、もう片方の手で食べかけのアイスクリームを指で掬《すく》う。

「何をするんですか？」

しかし鷹矢は答えず、アイスクリームのついた指をひなたの最奥《さいおう》へ擦りつけた。

「ひゃ、ぁっ…冷たい……」

デザートのアイスクリームを潤滑剤代わりにするのだと気づいた時には、既に指は内部へと入り込んでいた。

指が内部で蠢くたびに、くちゅくちゅと淫猥《いんわい》な音が響く。

「そこ…ダメ…ッ」

「ここが気持ちいい？」

「う…うん……」

前立腺を刺激されて、ひなたの中心がぴくんと跳ねる。

――指だけで、イっちゃいそう……。

立っているせいか、普段よりも奥の締めつけが強い。意識しなくても鷹矢の指を強くくわえ込み、内壁が蠕動《ぜんどう》する。

「鷹矢さん…」

「挿れるから、力抜いて」

「あっ…ああ……」

ひなたの痴態に鷹矢も限界だったのか、ファスナーを下ろす音が聞こえる。そしてすぐに、熱い塊がひなたの奥を貫いた。

指よりも遥かに太い鷹矢の雄に、狭くなった肉壁が絡みつく。まるで唇のように、後孔が鷹矢の雄を食い締めた。

「ぁ…鷹矢さんっ……」

腰を掴まれ、強引に奥まで挿入されたひなたは体が浮きそうになる。辛うじて爪先が床についた状態だが、鷹矢は気づいていないらしい。

――どうしよう……気持ちいいよ。

いつもと違う角度で突き上げられ、ひなたは身悶える。更に意地悪な指がまたシャツ越しに乳首を摘み、敏感になっている体を煽った。

「んっく、駄目っ……声、出ちゃ……ひっ」

「この部屋は、防音にしてあるから大丈夫だよ」

「でも…っ」

ドアの向こうは、廊下になっている。いくら声が聞こえないと言われても、不安なことに変わりはない。

「鷹矢さん……」

「なんだい？　ひなた」

「もっと……ぎゅって、して」

前屈みになっているせいで、鷹矢と密着しているのは下半身だけだ。

「いいよ。けれど、もっと声が出てしまうかもしれないよ」

「へ…？　……ああっン…」

彼の体温を感じたくてねだると、望み通り鷹矢が上半身を倒してひなたを抱き竦める。

すると同時に結合が深くなり、ひなたは甘く喘いだ。

――これ…あ…奥まで……来てる……。

「ひなたも、ぎゅってしてくれているね」

「え？」

「ココ」

繋がってる所を触られたひなたは、驚いて更に肉壁を窄めてしまう。

「や、ンッ」

ほとんど鷹矢は動いていないにもかかわらず、先程から達してしまいそうな刺激が絶え間なくひなたを襲う。奥まで埋められた雄を何度も締めつけているせいだと分かってはいるが、体の勝手な反応を止められない。

「たまには、バックもいいかな」

「っく…動かないでっ……ひゃ…ぅ、ン」

突き上げられる度、ひなたの脚は宙に浮く。繋がった部分がじんじんと疼き、頭の奥が真っ白になる。

「…や、あんっ」

――ダメ…も…いっちゃうよ……。

ひなたの限界が近いと気づいたのか、鷹矢が動きを止めた。そして勃起しているひなたの中心を、ハンカチでそっとくるむ。

「出していいよ」

「…ん……でも…」

今更止めることなどできはしないが、戸惑いはある。

「沢山出て、ハンカチで拭い切れなかったら、私がひなたのこれを嘗めて綺麗にしてあげるからね」

「鷹矢さんの…ばかっ」

エッチの時の鷹矢は、意地悪でいやらしいと思う。でもこの間見た、怖い鷹矢ではないから、ひなたは安心して身を委ねる。

「ひなたの可愛い姿が見られるなら、バカでも構わないよ」

囁きと同時に、腰を揺さぶられた。

「っく…ああっ」

張り詰めていた自身から、蜜が零れる。

そして内部の鷹矢も、勢いよく精を放った。

——…ゃ…熱い……。

精を受け止めるたびに、ひなたはこのまま一つに溶けてしまうような錯覚を覚える。

——本当に溶けて、一つになっちゃえばいいのにな。

そうなれば、不安を覚えることもないだろう。

胸に回された鷹矢の腕に両手を重ね、ひなたは目蓋を閉じる。

――この間の話…したかったけど……まあいいや。

鷹矢の気持ちを聞けるチャンスだったのだが、心地よい疲労感にひなたは負けてしまう。

「ひなた？　ああ、寝てしまったのか……」

穏やかな鷹矢の笑い声を子守歌にして、ひなたは眠りに落ちた。


眠ってしまったひなたを抱いてオフィスを出ようとした鷹矢は、ドアの前で三澤と鉢合わせをした。

時刻はとっくに、十時を過ぎている。既に社員のほとんどは帰宅しており、オフィスに残っているのは数名だ。

「まだ残っていたのか」

呆れたように言うと温厚で笑顔を絶やさない三澤が、眉を顰めて渋い表情になる。

「秘書である私が、専務を残して先に帰るなどできません……そんなことより、あなたは何をしていたんですか！」

彼には珍しく、かなり強い口調で問い詰めてくる。

――マズイ。

大学時代からつき合いのある三澤とは、上司と部下という立場だが何でも言い合える間柄でもある。というか、昔から三澤の方が奔放な鷹矢をたしなめることが多く、それを知った黒正グループを統括する吉勝が孫のお目付役として秘書に抜擢した経緯があった。

傍目《はため》にはひなたが寝てるだけに見えるだろうが、婚約者であるという事実を知っている三澤は、すぐに密室で何が行われていたのか察したらしい。

「先輩、大人として理性的な行動を取って下さい！」

――この様子だと、相当怒っているな。

鷹矢の秘書となった現在でも、怒ると三澤は鷹矢を『先輩』と呼ぶ癖がある。これが出るということは、かなり立腹している証拠だ。

眼鏡の奥からじっと睨まれ、鷹矢は微苦笑を浮かべる。

「そんなに大声を出すと、ひなたが起きてしまうよ」

「咲月さんを盾にするとは、卑怯ですね」

狡い手だが、三澤の言う通り、ここは眠っているひなたを盾にしてしまおうと考える。

予想に違《たが》わず、三澤はすぐ声を押さえてくれた。

以前ひなたがオフィスへ来た際、中を案内したのが三澤だ。その時の印象が相当よかったらしく、すっかり三澤はひなたを気に入ってしまった。

なのですやすやと眠るひなたを自分の怒鳴り声で起こすなど、したくはないのだろう。

「それじゃ、お先に失礼するよ。君も早く帰りなさい」

「あまり身勝手に振る舞うと、嫌われますよ」

すれ違おうとすると、小声で三澤が呟く。

聞かなかったふりをしようかとも考えたが、一応鷹矢は立ち止まり、親友の小言を拝聴しようと決める。

「まだ咲月さんは学生で、出会いも多い。身勝手な婚約者より、気心が知れている同年代の相手に、気持ちが揺らぐ可能性もありますよね」

「……君は私を脅して、楽しんでいるのか？」

「先輩のためを思って、苦言を呈しているだけです」

さすがに鷹矢も無視はできず、三澤に向き直った。欲望のままに、オフィスで抱いてしまったことは、少なからず反省している。

しかし、いくら三澤とはいえ、ひなたとのプライベートな関係に踏み込んだ発言を軽く口にされるのは納得できない。

だが三澤は、鷹矢の視線を正面から受け止め、やけに真面目な顔で続けた。

「それに、脅すならもっと効果的な方法を取りますよ」

「物騒なことを言わないでほしいな」

「だったら、咲月さんをもっと大切にして下さい」

三澤から見れば、ひなたは年の離れた弟のようなものなのだろう。

そう考えると、三澤が自分を非難する気持ちも分かる。

「咲月さんからしたら、先輩は婚約者である以前に大人なんです。対等に振る舞おうとしても、なかなか難しいでしょうね」

「ああ、分かってる」

「分かっていません」

きっぱりと言い切られ、鷹矢は口を噤《つぐ》む。思い当たる節はいくつかあるので、反論しがたい。この間も、ひなたが何気なく零したラブレターの話に嫉妬して、半ば無理矢理抱いてしまった。

ひなたが何でもないと言っているのを無視し、更には怯えさせるような真似までした。

「先輩が咲月さんの気持ちを踏みにじって、無理矢理抱くとは思えませんから、今回のことは合意だと私も思います。けれど大人である先輩に、咲月さんが無意識でも流されていないと断言できませんよね」

口調が静かな分、言葉の一つ一つが心に刺さる。

「もっと咲月さんの気持ちを、汲んであげることが必要だと思いますよ。咲月さんは明るくて素直な方だから、一見全てを話してくれていると思い込んでしまう。慣れと思い込みは、仕事でも恋愛でもよくありません……こんなに疲れた顔をして…悩み事でもあるんでしょうね」

「君は何というか…凄いな」

「咲月さんのファンですから」

胸を張る三澤を前にして、鷹矢は肩を竦める。

「分かった。帰ったらひなたに謝る、それと無理はさせないと約束するよ」

「そうして下さい。ああ、明日は九時半から会議ですので、遅れないように。それでは失礼します」

言って三澤は、廊下の向こうへと歩き去った。

「確かに、あいつの言うことは一理あるな」

出会った当初から三澤は、鷹矢が聞きたくないことでも物怖《ものお》じせず告げた。それが間違っていれば交友は絶えていただろうが、それなりに核心を突いているので鷹矢も彼の苦言には耳を傾ける。

都合の悪い話を聞かないふりをする程、鷹矢はバカではない。

――それにしても、今回は堪えたな。

ひなたを抱いてビルの駐車場へ向かい、愛車のドアを開けて助手席にそっと横たえる。そして自分も運転席に乗り込むと、ひなたを起こさないように注意をはらいながらゆっくりとアクセルを踏み込む。

駐車場を出ると、外灯が眠るひなたの顔を照らす。

三澤の指摘した通り、ひなたの顔には疲労の色が濃い。それは単に体の疲れと言うよりも、精神的な疲労のような気がする。

——この間、手紙が気になると言ってたな。

あの時は、衝動的にひなたを抱いてしまった。正直に言えば、らしくなく動揺していたと自覚がある。

助手席で眠る、愛しい婚約者の横顔をちらと見遣《みや》る。

明らかにひなたは、手紙の件で悩んでいることを隠そうとしていた。鷹矢が追及したので仕方なく話してはくれたが、全てではないのは明白である。

結局ひなたから手紙の子細を聞き出すことはできないまま、今日に至っている。

——もしかしてひなたは、自分との関係を気にして、手紙の内容を正直に言えなかったのか?

思ったことは隠さず言ってくれるが、反面、気を回す性格であるとも知っている。

もしもひなたが、少なからず手紙の相手に興味を覚えていたとしたら、婚約者である自分に真実を告げるかどうかは怪しいところだ。

ひなたとはお互いに想いを確認しあい、合意の上で婚約者となった。けれど当初は祖父達が強引に決めた婚約話に、不満を持っていたのも事実である。

しかしひなたは、何だかんだ言いつつも婚約破棄を声高に訴えたりはしなかった。

――仮に……私以外に想う相手ができたとして……ひなたは、婚約破棄を申し出るだろうか？

考えたくない問題だが、三澤の苦言が引っかかっているせいもあり、鷹矢はできるだけ冷静に判断してみる。

――ひなたの性格からして、無理だな。

基本的に真面目な性格なので、周囲の期待を裏切るような真似はしないだろう。それこそ、鷹矢がひなたの心変わりに気づき、自分の元を去るように促さなければ、黙ったまま結婚するに違いない。

――私はひなたに……なんて酷いことを言ったんだ。

ひなたが手紙の相手をどう思っているかは、不明である。だが詳しい内容を聞かず、自分のエゴを丸出しにした言葉をぶつけた事実は変わらない。

独占欲を隠しもせず乱暴に抱いた自分を、ひなたが怯えた目で見ていたことを鷹矢は思い出す。

「ん……あれ、鷹矢さんここは……」

車の振動で、ひなたが目を覚ましてしまったらしい。

鷹矢は路肩に車を停めると、まだぼんやりとしているひなたの目を覗き込む。

「ごめんね、ひなた」

「へ？」

「君に無理をさせてしまった、それと……」

謝罪を続けようとする鷹矢の頬に、細い指が触れる。

「どうしてそんな、泣きそうな顔してるんですか？」

「ひなた……」

「大丈夫ですよ。気にしてませんから。だから、泣かないで」

少し寝ぼけているらしく、舌足らずな声でひなたが告げた。

微笑むひなたの頭を撫でると、自分から擦り寄ってくる。

「もう少しで家に着くから、まだ寝ていて構わないよ」

「…はい……」

そう答えてもひなたは目蓋を閉じず、自分を見つめてくる。何か言いたげだけれど、その唇は閉ざされたままだ。

――やっぱり、何かを隠しているね。ひなた。

やはりひなたの様子はおかしい。

問い詰めても逆効果だと考えた鷹矢は、柔らかな唇にそっとキスをする。

「あ……」

「愛してるよ、ひなた」

言うと、ひなたは安心した様子で目蓋を閉じる。

愛しい恋人の額に、鷹矢はもう一度唇を寄せた。


――はふーっ…よく寝た……。

思い切り伸びをして、ひなたは寝返りを打つ。

そこでひなたは、自分がベッドに寝かされていることに気がついた。

「あれ？」

確か鷹矢のオフィスでセックスしたあと眠ってしまい、その後は断片的な記憶しかない。

――――…えっと…鷹矢さんの車で、帰ってきたんだよね……まだ寝てていいよって言われて……それから…。

目を擦りながら起き上がると、サイドテーブルにメモが置いてあったので、ひなたはそれを手に取る。

『気持ちよさそうに寝ていたから、起こしませんでした。おやすみなさい。　鷹矢』

走り書きされた文面を読み、ひなたはやっと状況を把握する。

「…また迷惑かけちゃった」

オフィスから出る時と、マンションの部屋に戻る際に、鷹矢は眠っている自分を抱いて運んでくれたはずだ。その上ひなたは元の制服姿ではなく、パジャマに着替えさせられていた。

――鷹矢さん、優しい。

疲れているはずなのに、鷹矢は文句一つ言わずにひなたの面倒を見てくれる。朝もひなたより早く起きて、朝食の用意をしてくれるし、休日になれば掃除も手伝ってくれるのだ。

同居を始める際に決めた家事分担だけど、お互いに忙しいのなら相手に頼って構わないと話し合ってある。

けれど鷹矢が家事のことで文句を言ったり、手を抜いたりしたことは一度もない。それどころか、楽しんでいるふうでもあった。

――そんなに僕、頼りないのかな？

両親を早くに亡くし、幸蔵と二人で暮らしてきたひなたは、それなりに家事には自信がある。

仕事で忙しい鷹矢に代わって、家事全般を引き受けても構わないのだが、そう提案しても何故か彼は頷いてくれない。

ひなたが専業主夫ならともかく、学生として学業に励んでいるのだから一方的に負担させるのはよくないというのが、鷹矢の持論なのだ。

「でも、絶対鷹矢さんの方が大変だと思うんだけど……」

手紙の件も鷹矢との関係も、全く解決しそうにないので、ストレスばかりが蓄積されていく。結局今夜も、鷹矢とまともに話せないままベッドに入ってしまった。

「寝よう……お風呂は、朝に入ればいいや」

何もする気が起きなくなって、ひなたは再びベッドに潜り込もうとした。けれど寸前で、一華にメールを送っていないことに気づく。

「そうだ、携帯！　……メールは……うわっ、やばい！」

鞄を探り携帯を出して見ると、履歴には一華の番号が並んでいた。

鷹矢のオフィスへ入る前に、仕事の邪魔になってはいけないと思って着信音は切ってあったのが、一華からの着信を無視する結果となってしまった。恐らく帰宅を知らせるメールがなかなか来ないことを心配して、電話をしてきたのだろう。

ひなたは青くなりながら、メールで帰宅を連絡した。

すると速攻で、携帯が鳴り響く。急いで出ると、耳がキンとなるような大声で名を呼ばれた。

『ひな！』

時刻は十一時を過ぎていたが、声の様子からして一華はずっと連絡を待っていたらしい。

心配しすぎだと思いつつ、その原因は自分にあるので、ひなたは素直に謝った。

「連絡遅くなって、ごめんね。鷹矢さんの会社に寄ってたら、帰り遅くなっちゃってさ」

『よかったー……それと大丈夫だった？』

「何が？」

『千里から聞いたよ！　一緒に帰らなかったんだって？　あーあ、やっぱり委員の会議休めばよかった……』

「そこまでしなくていいってば、一華も千里も用事があったんだし」

――一華なら、本気でやりそう……。

気持ちはありがたいが、さすがにひなたも焦ってしまう。

『帰る途中、変わったこととかなかった？』

「あ、うん……」

尾行されていたことを話そうか一瞬迷う。

『何？　気になったことがあるなら、全部話して！』

「…実はね……」

一華の勢いに気圧され、ひなたはぽつぽつと話し始めた。

予想通りというか何というか、話し終えると同時に一華が叫ぶ。

『それストーカーじゃん！　鷹矢さんには話したの？　警察に届けなよ！　行きづらいなら、僕がつき添ってあげる』

「だから、本当につけられてたかは分からないんだってば。僕の気のせいかも知れないしさ」

『そうやって悠長なこと言ってるから、面倒なことになってくんだよ！』

耳から携帯を離し、ひなたは少しだけ話したことを後悔する。

「ともかく、つけてたのが手紙の差出人かどうかも分からないんだし。しばらく様子を見るよ」

『……ひながそう言うなら、我慢するけど……』

まだ不満がありそうな一華をどうにかなだめて、ひなたは電話を切る。

――気持ちはありがたいけど、一華達まで巻き込まれたら大変だもん。

もし相手が手紙以外の行動に出た場合、自分だけでなく周囲の友人達も巻き込まれる可能性がある。

下手に動いて相手を刺激するより、とにかく今は静かに構えていた方がいいとひなたは考えていた。

変な手紙を受け取るたびに、ひなたは悲しい気持ちになる。おまけに友達に心配をかけている現状が堪らなく辛い。

――もしかしなくても、僕って周りに迷惑をかけるばっかりで、鷹矢さん本心では面倒に思っていたらどうしよう。

オフィスでも仕事が大変だと知りつつ、流されるまま温もりを求めてエッチをしてしまった。

婚約者ならば鷹矢の体調を気遣って、断るべきだろう。

その上、鷹矢が何故、あんなにも怒ったのか未だひなたは聞けていない。

――鷹矢さん、もう寝てるよね。

寝室は別なので、鷹矢が眠っているのか、それともまだ仕事をしているのかすらも分からない。

どちらにしろ、こんな夜遅くに部屋へ押しかけて話をするのは迷惑になる。鷹矢は優しいから怒ったりしないだろうけど、無理はさせたくない。

「あーあ」

うだうだと悩んだせいで、すっかり目が覚めてしまったひなたは、抱えたクッションに顔を埋めた。


それから数日後の、日曜日。

ひなたは、意を決して家出をした。一人になって、自分自身のことをゆっくり考えたかったのだ。鷹矢に相談するという選択肢はあるが、そうすれば彼はひなたを気遣い優しい言葉だけをくれるのは目に見えている。

だが今のひなたは、率直で冷静な意見が欲しい。

――甘えちゃ駄目。

マンションの鍵をかけると、ひなたはエレベーターへと駆け出す。幸い鷹矢はまたも休日出勤だったため、見咎《みとが》められる心配はなかった。

一応鷹矢が心配するといけないので、『少しだけ家出します。数日後に戻りますから、探さないで下さい』とのメモは残してきてある。

別に鷹矢が嫌いになったとか、学校が嫌だという理由ではないから、気持ちの整理がついたら帰るつもりだ。

——けど、どこに行こう？

一華や千里の家に行っても、すぐ鷹矢に連絡されてしまうだろう。

以前幸蔵と住んでいた家は、家政婦さんの一家が預かっているので、いきなり訪ねていっては迷惑になる。

考えた結果、ひなたは着替えなどの入ったボストンバッグを抱えて、幸蔵が入院している病院へと向かった。

電車とバスを乗り継ぎ、三時間以上かけてひなたは黒正病院にたどり着いた。いつもは鷹矢の運転する車なので、一時間ほどで到着する。

——結構、田舎だったんだ。

長期入院患者用の療養所も併設している病院なので、空気の綺麗なところの方が病院としてはいいのだろう。

ひなたは幸蔵の入院している病棟に向かい、面会の受付を済ませた。吉勝の好意で、幸蔵は無料で個室を使わせて貰っている。

「おじーちゃん、お見舞いに来たよ」

「ひなた！　おや、一人で来たのか？　鷹矢君は、仕事か？」

「あ、うん……」

まさか家出をしてきたとも言えず、ひなたは曖昧《あいまい》に笑ってごまかす。

「おじいちゃん、具合はどう？」

「この通り、元気じゃよ。まだ一人で歩くのは難しいがな。来週辺りから、歩行のリハビリが始まると担当の医者が言っておったから、すぐ歩けるようになる」

幸蔵の容体は、医師の説明では安定していると言われた。しかし以前リハビリで張り切りすぎ、風邪をこじらせて倒れてからは車椅子の生活が続いている。

だがそれ以外は至って元気で、世話をしてくれる看護師をからかっては叱られているらしい。

「無理しないでよ。この間も勝手に動き回って、風邪引いたでしょ。看護師さん達の言うこと、ちゃんと聞いてる?」

「まあまあ、お前までうるさく言わんでもいいじゃないか」

この様子だと、かなり看護師を困らせているに違いない。

「それで、いつ頃退院できるの?」

「そのことなんだがな……」

珍しく、幸蔵が言いよどむ。

嫌な予感が、ひなたの胸を掠めた。

「具合、よくないの?」

「いや、そうじゃない」

ほっと胸を撫で下ろすが、続いた言葉にひなたは目を丸くする。

「わしが退院したら、お前達が住むマンションに同居させてもらう予定じゃったが……病院の隣にある療養所へ入ることにした」

「どうして? 僕たちと一緒に暮らすの、嫌なの?」

幸蔵は鷹矢を気に入っており、鷹矢も同居には賛成してくれていた。

今度鷹矢の休みが取れたら、バリアフリーのリフォーム会社へ見学に行く予定も立てている。

驚きを隠せないひなたに、幸蔵が首を横に振る。

「そんなことはないよ。ただ病気のこともあるから、設備が整った所の方が安心だと吉勝に説得されてな。今のところ、高血圧が関係する病気は落ち着いとるが、わしも歳じゃ。いつどうなるか分からん」

「おじいちゃん……」

「家は家政婦の川野さん一家に貸すことで、話がまとまっとる。何も問題はない」

こうと決めると、余程のことがない限り持論を曲げない性格であると、ひなたは身をもって知っている。

鷹矢とひなたの婚約話も、ひなたが小学校に上がる前に勝手に決められていた程だ。幸蔵の口ぶりからすると、恐らく手続き関係は既に済んでいるのだろう。そうなるとひなたは、口を挟めない。

「まあ、新婚家庭へお邪魔するのは気が引けると思っていたからのう。この方が、お互いよいじゃろう、なあひなた」

「……新婚じゃないよ」

「ああすまん、まだ婚約者じゃったな」

「……婚約も……わかんない……」

ボストンバッグを抱え俯《うつむ》いてしまったひなたの頭に、幸蔵の手が乗せられる。深い皺《しわ》のある手が、愛しむように髪を撫でた。

「喧嘩でもしたのか？」

尋ねられて、ひなたは唇を噛む。

――どうしよう、話したいけど……おじいちゃん、困らせちゃうよ。

「…えっとね……」

話を逸らそうとするが、声が詰まる。

そんなひなたの肩を、幸蔵が勇気づけるみたいに軽く叩いた。

「お前がボストンバッグを抱えて見舞いに来るなど、今までなかったからな。おかしいと思っとったんじゃ。わしに、話してごらん。鷹矢や吉勝に聞かれたくない話なら、黙ってやるから安心せい」

「違うの……喧嘩じゃないの……」

心の中を見透かしたような幸蔵の言葉に、ひなたは泣き出してしまう。

今日までずっと、心の中にわだかまっていた不安な思いを吐き出す。

「僕、絶対鷹矢さんの重荷になってる……鷹矢さんのお手伝いは何もできないのに、鷹矢さんには沢山いろんな事してもらってる……」

流されるばかりで、気遣いもできない自分を鷹矢は本当に好いてくれているのだろうか？

「……鷹矢さんが怒っても、僕は理由が全然分からなくて……ちゃんとお話しないといけないのに、甘えてばっかりで……ううん…嫌われたくないから、怖くて話ができないんだ……」

自分は余りにも子供で、大人である鷹矢と結婚しても迷惑になるだけではないか？

タイミングが合わないのも事実だけど、無意識に鷹矢との話し合いから逃げていたとひなたは気づく。

子供である自分に鷹矢が優しく接してくれるたびに、不安になってしまう気持ちを、ひなたはしゃくり上げながら懸命に訴える。

幸蔵はひなたの話を、最後まで黙って聞いてくれた。

そしてやっとひなたが話し終えると、威厳のある表情で静かに諭す。

「お前はわしの自慢の孫じゃ。もっと自信を持て」

そう簡単に言われて、はいと頷けるならここまで不安になってはいない。

無理だと言おうとすると、幸蔵がとんでもないことを言い出した。

「もし本気で婚約を破棄したいなら、わしから黒正に話をつけるから安心しなさい」

「まってよ、おじいちゃん！」

不安はあるが、別にひなたは鷹矢が嫌いな訳ではない。なのにいきなり『婚約破棄』とまで話が飛んでびっくりしてしまう。

「そこまで孫が悩んどるのに、気づかん相手では駄目じゃ！」

「違うよ！　鷹矢さんは悪くないの！」

「しかし……」

一度決めると、幸蔵の意見を変えさせるのは難しい。

――やだ、おじいちゃんが何て言っても僕は……。

両手をぎゅっと握り締め、ひなたは叫んだ。

「僕は鷹矢さんが好き！　婚約破棄なんて、絶対に嫌！」

涙目で睨むと、それまで難しい表情を浮かべていた幸蔵が突然笑い出した。

「その調子じゃ、ひなた。いつものように、お前が思ってることを正直に言えばいい。わしと喧嘩する時のようにな」

『婚約破棄』などと提案したのが嘘のように、幸蔵は明るく微笑む。

――僕、おじいちゃんに騙された？

何となく、幸蔵の勢いに乗せられたような気もするが、不思議と気持ちは落ち着いていた。

「ま、喧嘩の一つもせずに夫婦になっても、後で揉める元になるからのう。今のうちに、言いたいことを言っておけ」

「……そんな簡単に言えるかどうかわかんないけど……頑張ってみる」

「それでこそ、わしの孫じゃ」

病人とは思えないほど元気に笑う幸蔵につられて、やっとひなたも笑顔を取り戻した。

夕方近くになって、慌てた様子で鷹矢が迎えに来た。

ひなたと幸蔵はずっと病室で話をしていたので、誰かが連絡をしたのではなく鷹矢が一人で居場所を探し出したのだろう。

「ひなた！」

「鷹矢さん、どうして僕が病院にいるって分かったんですか」

ノックもせず病室へ入ってきた鷹矢は、ひなたの質問には答えず無言で抱き締めた。

――怒ってる……？

痛いほどの抱擁に、どうしてよいのか分からずひなたは固まってしまう。そんな二人をしばらく眺めていた幸蔵が、のんびりと声をかける。

「久しぶりじゃな、鷹矢君」

「すみません……いきなり……」

幸蔵の声にやっと我に返ったのか、鷹矢が慌てて顔を上げ改めて幸蔵に頭を下げる。

「元気そうで何よりじゃ」

にこにこと微笑む幸蔵に対して、鷹矢はどこか不安げだ。

――ど、どうしよう……おじいちゃん、鷹矢さんを怒ったりしないよね。

『婚約破棄』の話はひなたの気持ちを確認するための嘘だったとはいえ、鷹矢のことを愚痴った形になっているので、幸蔵が何を言い出すか分からない。

しかし妙に緊迫した空気の中では、ひなたが口を挟む隙はなかった。

「あの……」

沈黙に絶えかねたのは、鷹矢だった。しかし何か言いかけた鷹矢を遮り、幸蔵が笑いながら告げる。

「今のうちに喧嘩をしておけ。結婚する前に互いの本心を分かっておったほうが、後々気楽じゃからな」

「申し訳、ありませんでした」

幸蔵の言葉から何かを察したのか、再び鷹矢が深々と頭を下げた。今度はなかなか、顔を上げない。

「そう思うなら、今度は二人で見舞いに来てくれ。ああ、見舞いの品は、古伊万里《こいまり》希望じゃ」

「分かりました」

「おじいちゃん！　そんな高い物おねだりするなんて、よくないよ！」

咄嗟にひなたは、幸蔵と鷹矢の間に割って入った。

「ちょっとした冗談じゃないか……そう怒鳴らんでも……」

「おじいちゃんが言うと、冗談に聞こえないからダメ！　鷹矢さんも、本気にしないでいいんだからね」

鷹矢を見上げると、ようやく彼も安堵の表情を見せる。

「ほらそろそろ帰らないと、面会時間は終わりじゃぞ。今度また、ゆっくりおいで」

「うん。おじいちゃん、無理しないでね。また電話するね」

自然にひなたは、傍らに立つ鷹矢に身を寄せた。

そして大きな鷹矢の手を、そっと握る。

「帰りましょう、鷹矢さん」

「ああ。それでは、失礼します」

不安が消えた訳ではないけれど、幸蔵からもらった勇気を無駄にしたくない。ひなたは鷹矢と手を繋いだまま、病室を後にした。

家に戻る間、ひなたは車の中で鷹矢にお説教をされるかと思ったが、意外なことに彼は家出メモに関して一切触れなかった。

さすがに不安になってひなたの方から聞いてみたけれど、返されたのは『ひなたが帰ってきてくれたから、いいんだよ』という言葉だけ。

逆に『何か不満があるなら、言ってほしい』とまで言われてしまい、ひなたは正直困ってしまった。

結局家に着くまでの間、鷹矢とは最近読んだ本や、学院の話をして過ごした。日常の話をゆっくりするのは久しぶりだったから、それはそれで嬉しい。

しかし肝心なことをお互いはぐらかしているのは分かっていたから、ひなたとしても落ち着かない。

――僕ももっと、大人にならないと駄目だよね。

夕食を取りお風呂に入ったひなたは、一大決心をする。

これまで鷹矢の都合を盾に、怖くて話をする勇気がなかったのだが、今日のひなたはひと味違う。

――おじいちゃんと、約束したもん。

目一杯勇気を奮い立たせると、ひなたは自室を出て鷹矢の部屋まで行く。もし一華が目撃していたら『討ち入りみたい』と、指を差して笑っただろう。

それほど、ひなたは緊張していた。

深夜に近い時間に、鷹矢の部屋へ自分から出向くのは初めてなのだ。意を決してノックをすると、中から返事が返される。

「どうぞ」

すぐにドアが開き、パジャマ姿の鷹矢が少し驚いた顔でひなたを迎え入れた。

鷹矢は仕事を持ち帰ることが多いので、無断でひなたが部屋へ入ることはない。千里からも『夫婦円満の秘訣は、プライバシーを尊重すること』とアドバイスされてるので、特に気を遣っている。

だから鷹矢の部屋に入るのは、久しぶりだ。

「ひゃあっ……」

部屋に一歩入った瞬間、ひなたは思わず声を上げてから、しまったという顔をして口を押さえる。

ちらと鷹矢を見ると、気まずそうに苦笑する。フローリングの床には、資料らしき本やら書類が、山のように積んであった。

前に掃除で入った時は、ここまで酷くなかったはずである。

つまりそれだけ、現在鷹矢の仕事が忙しいということだ。

「散らかっててごめんね」

「ううん。今度一緒に、お掃除しましょう」

座る場所がないので、仕方なくひなたはベッドの端に腰を下ろす。鷹矢も隣に座り、近づいた体温に心臓が跳ねた。

――緊張する……。

二人で暮らし始めて数カ月経つ。けれどベッドで二人きりになると、未だに緊張してしまう。

その上今日は、ずっと悩んでいることを打ち明けようと思って、彼の部屋に来たのだ。

けれどただでさえ緊張しているせいで、なかなか話を切り出せない。

「幸蔵さんの主治医から聞いたんだけど、うちの療養所へ移るんだって？」

「ええ……多分来月には…」

鷹矢から話を振ってくれてほっとする。

「また、勝手に決めちゃったんですよ」

幸蔵に相談して吹っ切れたのも事実だが、まさかそんな提案をされるとは思ってもみなかった。

療養所へ入るという祖父の提案は理にかなったものだから、反するのは難しい。

それに、大病をした祖父の面倒を見るなら、二十四時間医師のいる環境がいいに決まっている。

けれど正直言えば、自分の知らないところで大切な話が進んでしまって酷く寂しい。

「黒正病院の療養所なら安心できるし、それはいいんですけど……事前に一言くらい僕に相談してくれたっていいのに」

「幸蔵さんなりに、考えたんだと思うよ」

何だかんだとわがままを言いつつ、幸蔵はひなたを第一に考えている。もし相談をすれば、ひなたは絶対反対をしただろう。

一緒に暮らしたいという気持ちは幸蔵も同じはずだけれど、現実問題を考えれば療養所へ入るのが最良の選択だ。

感情と、現実。

結果としてひなたは、療養所へ入ることを了承するだろう。

けれどたった一人の肉親を療養所へ押し込んでしまったという、的外れな罪悪感を抱く可能性もある。

「分かってます」

「私もできるだけ時間を作って、お見舞いに行くよ。それと幸蔵さんなら、外泊許可も出ると思うから、体調のいい時に泊まりに来て貰おう。二人の新居を、まだ見て貰ってないからね」

「鷹矢さん……」

鷹矢は優しい。どうして自分の求めている答えをさらりと言えるのか、ひなたは不思議に思う。

——こんなに優しいから、甘えちゃうんだよな…でも今日は頑張らないと！

ひなたは鷹矢の肩に、そっと頭を傾ける。

「あのね鷹矢さん。この間お話しした、手紙のことだけど……」

一大決心をして口を開くが、何故か鷹矢が大真面目な顔で遮った。

「うん。私もひなたに、早く話そうと思っていたんだ」

返された言葉の意味が分からず、ひなたはきょとんとして小首を傾げた。

「実はね、先日一華君から連絡があってね。手紙の話を教えてもらったんだよ。ただ君がことを大きくしたくないみたいだから、黙っていたんだが……ちょっと事態が変わってしまって……」

困ったように肩を竦め、鷹矢が傍らのテーブルに置かれた封筒を手にする。

「これを見て貰えるかい」

まさか鷹矢が知っているとは思わず、驚くひなたはただぽかんとしたまま、差し出された一枚の写真受け取る。

隠し撮りしたと思われるそれは、華翠学院の制服を着た少年が、今まさに下駄箱へ手紙を入れようとしている瞬間を捕らえたものだった。リボンの色から、ひなたより一学年上の生徒だと分かる。

「誰ですか？」

「彼が君の下駄箱に手紙を入れていた人物だよ」

「ええっ」

「千里君が張り込んで撮った物だそうだ。けれど何故あんな手紙を書いたのか、理由は不明だと言っていた」

――この人……僕の後をつけてた人かな？

そんな気もするし、違うようにも思える。

「見覚えは、ないみたいだね」

「はい」

「念のためこれを頼りに、黒正の警備担当者に彼の素行調査をさせたんだ。彼の名前は、志方聖《しかたひじり》。華翠学院高等部の二年生」

頷くひなたに、鷹矢は信じられないことを話し始める。

「これまでに問題を起こしたことはないし、いわゆる不良でもない。良くも悪くも、特に目立つ生徒ではないね。ご両親は医者と弁護士で、華翠学院には中学から在籍しているごく普通の子だ」

「どうして…そこまで調べたんですか？」

「君が心配だからだよ。もし問題のある生徒だったら、一大事だからね」

平然と答える鷹矢に、ひなたは頭を抱える。

――心配してくれるのは嬉しいけど……鷹矢さんも一華も大げさすぎ。

こうなるのが嫌で、ひなたはなるべく言わないようにしていたのだ。

「君の尾行まで、していたそうだね。」

「あの、尾行してたのがこの人かどうかは分からないんです。気のせいかもしれないし…

…」

「しかし……しつこく手紙を書いた犯人なら、尾行をしてもおかしくはないだろう？」

珍しく鷹矢は、動揺している様子だ。

「もし不安なら、私の方から向こうの親御さんに一言いおうか？　いじめが本格的になる前に、釘を刺しておかないとね」

どうやらひなたが、いじめられているのではと不安になっているらしい。鷹矢には悪いが、思わず笑ってしまう。

「大丈夫ですよ。いじめとはちょっと違うから」

手紙の件に関しては、ひなたなりに考えていた。

友人達に迷惑をかけたくないというのは本音だが、もう一つ気になる点があるから、あえて被害を訴えなかったのだ。

――何か、引っかかるんだよね。

手っ取り早く解決するには、鷹矢の言うとおり相手の親へ抗議するのが一番だとひなたも思う。

でも、この時点で鷹矢に頼ってしまったら、ひなたの知りたい真実はきっと有耶無耶《うやむや》になってしまうはずだ。

「この人……理由があって、しちゃったんだと思うんです」

「どうしてそこまで、相手を庇うんだい」

鷹矢にしてみれば、特別な理由もなく庇っているように見えるのだろう。確かにひなたも、鷹矢の苛立つ気持ちは理解できる。

「僕の勘なんですけど……本当に悪意があるなら、もっと別の行動に出るチャンスはいくらでもあったはずですよね。でも彼は、何もしてこなかったから」

「それはそうだが……」

「それにこの間、鷹矢さんのオフィスへ行ってから、手紙は来なくなってるんです」

その証言は意外だったらしく、鷹矢も口を噤む。

「あの日、誰かがついてきてる気がしたんです。偶然じゃなければ、何か思うことがあって、手紙を止めたんじゃないかなって思って」

「……で、ひなたはどうしたいんだい？」

「この志方先輩と、話してみようと思います。何でこんなことをしたのか、理由が知りたいんです」

しばし鷹矢は黙り、ひなたの瞳を真っ直ぐに見つめた。

ひなたは臆せず、彼を見返す。

「さすが、幸蔵さんの孫だね。分かったよ、好きにしなさい」

「それって、褒めてないですよね」

肩を竦める鷹矢に、ひなたは頬を膨らませる。すると鷹矢が苦笑しながら、ひなたの頬をつついた。

「けど、一人で会うのは絶対に駄目だよ。一華君か千里君に、同席してもらいなさい。本当は私が立ち会いたいけど、それは君が望むことではないだろうから我慢する。それと、相手が話し合いに応じなければ、絶対に無茶はしないで私に連絡しなさい。約束してくれるね？」

「はい。約束します。ありがとう、鷹矢さん」

さすがにそこまで、意地を張るつもりはない。

――本当はどうして手紙のことで怒ったのか、ちゃんと聞きたかったけど……それは今度にしよう。

あの夜、鷹矢は手紙の真相を知らなかった。いま怒られたなら『心配で叱った』のだろうと、ひなたにも想像はつく。

だがとりあえず、不安を作った原因である手紙の件に決着をつけないと、聞いてもきっと納得できない。

説明の言葉より、今は勇気が欲しかった。

話し合うと決めたものの、本心を言えば手紙の相手と対峙するのは怖い。

「鷹矢さん……」

ひなたが呼びかけると、鷹矢は全てを分かっているのように肩を抱き寄せてくれる。

近付いた体温に安堵して、ひなたはそのまま身を委ねた。

「でもでも、今日はえっちなことはしないで下さいね」

「駄目なのかい？」

ベッドに押し倒す寸前で恋人から拒否をされれば、鷹矢でなくともつい聞き返してしまうだろう。

「一緒に眠るだけじゃ、駄目ですか？」

「駄目じゃないよ」

ちゅっと音を立てて、頬に口づけられる。

「それにしても珍しいね、いつもは別々に寝てるのに」

「それは……」

同居を始めた当初は、まだ正式に婚約する気にはなっておらず、ひなたから別々の寝室を希望したのだ。

それから状況が変わったとはいえ、千里から『寝室を一緒にしている夫婦は、離婚する確率が高い』なんて話を聞かされれば、とても同じ寝室にしようとは思えない。

――それに今だって、朝起きたら鷹矢さんが僕のベッドで寝てた…なんてことがあるんだから……同じ部屋で寝たら大変なことになるよ…毎晩…されちゃったりとか……。

ついえっちな想像して、ひなたは真っ赤になって黙り込む。

「どうしてひなたが、同じ部屋で寝たがらないのか分からないけど……今度模様替えした時、お試しでダブルベッドを買ってみないか？」

「ダブルベッド…ですか」

「せっかくだから、キングサイズの大きいのでもいいよ。インテリア雑誌に載っているような、広いやつ」

――ちょっと、いいかも。

ひなたの目が輝く。

「二人で大の字になって寝ても、キングサイズなら余裕があるよ。転がっても落ちないし、どうだい？」

「いいですね！」

「なら、決まりだね」

鷹矢の話にまんまと乗せられたと気づいた時には、既に遅かった。笑顔で頷く鷹矢に、ひなたは少しだけ後悔する。

「で、でも、お試しですからね」

「分かってる」

「いびきが煩かったり、悪戯ばっかりしたら、すぐ元に戻しますから」

「気をつけるよ」

しばし無言で見つめ合ってから、二人は同時に吹き出す。

こんな穏やかな時間は、久しぶりだ。

――やっぱり鷹矢さんと一緒にいると、楽しいし安心する。

肌を重ねる行為も嫌いではないが、こうして他愛ないお喋りを楽しむ時間はとてもリラックスできる。

「そうだ！」

突然鷹矢が立ち上がり、書類の散乱している机に向かう。緊急の仕事でも思い出したのかと訝《いぶか》しんだが、そうではないらしい。

一番下の引き出しを開け、奥から小さな箱を取り出すと、またひなたの横に戻ってくる。

「これを君に渡しておくよ。お守り代わりにね」

「え、いいんですか？」

掌にのる小さな箱を、ひなたはそっと開ける。

——これって……指輪だ！

少し古びたベルベットの台座に、赤い石を填《は》め込んだ指輪が入っていたのだ。

「ルビーですか？　何だか、不思議な色」

宝石には詳しくないひなたでも、これがガラス細工でないことくらいは分かる。

「これは、アレキサンドライトと言って、光によって色が変わる石だよ。明日の朝、外で見てごらん、緑色になっているから」

「すごい！　魔法みたいですね！」

驚くひなたの右手を鷹矢が取り、そっと薬指に嵌めた。プラチナと思われるリングは、ひなたの指には大きすぎてくるくると回ってしまい鷹矢は溜息を吐く。

「やっぱり大きいね、サイズを直してから君に渡そうと思ったんだけど」

「いいですよ、こんな高そうな指輪、貰えません！」

「駄目だよ、ひなた」

いつになく真剣な眼差しで見つめられ、ひなたは息を呑む。

「これはね、私がアメリカに留学していた時に買った指輪なんだ。生涯を共にできる人が見つかったら渡そうと思って、ずっとしまっておいたんだよ」

――え、それじゃ……まさか……でも、そんなことって……。

困惑するひなたに、鷹矢が優しく微笑む。

「君が私の、初恋の相手だと言ったら…信じて貰えるかな」

胸の奥がふわっと熱くなり、鼻の奥がつんとする。

嬉し泣きという言葉は知っていたけれど、自分がそんな状況になるのは初めてだ。

「嬉しいです、鷹矢さん……う…」

「はい、ティッシュ」

以前も鷹矢の前で、情けなく泣いてしまった記憶が蘇る。ひなたは決まり悪げに鼻をかむと、改めて指輪を手の上に乗せた。

「それにしても、ひなたの指は細いね。親指でも無理そうだ」

読書灯の仄かな光を受けて輝く石に、ひなたは心を奪われる。

「綺麗……」

「アレキサンドライトの宝石言葉は『高貴』。ひなた、君は自信を持って、堂々と話をしておいで」

話し合うと決めたけど、不安はある。その不安を鷹矢は見抜いていて、少しでも取り除こうとしてくれているのだ。

「私はどんな時でもひなたの味方だから、辛くなったら隠さず言うんだよ」

「はい」

ひなたは指輪を箱にしまうと、枕元に置く。

——鷹矢さん…大好き。

本当は言葉にして言わなければいけないのだろうけど、まだ気恥ずかしさが勝ってひなたは口に出せない。

——気持ちをちゃんと、伝えられるようになろう。

きっとこれが、自分の駄目な部分だとひなたはなんとなく気づく。あともう少し考えれば、はっきりした答えが見えそうなのだけど、眠気が押し寄せてきてひなたは大きな欠伸《あくび》をした。

「もう寝よう、ひなた」

「ん……」

目蓋を擦るひなたを、鷹矢がそっと横たえる。

そして二人は、しっかりと抱き締め合って眠りについた。

翌日登校したひなたは、早速一華と千里に相手と話し合いたいと告げた。

相手が特定されてるなら、自分が直接話をしたいと説明したが、予想通り二人は猛反対をした。

しかしひなたの意志が固いと知ると、二人は渋々といった様子で頷いてくれる。

相談の結果、交友関係の広い千里が間に入って相手を呼び出すことになり、話し合いの場は放課後の屋上に決まる。

「あーっ　もう！　何でこんな大切な日に、法事で早退しないといけないんだろう……やっぱり別の日にしない？　そうしたら、うちのＳＰを連れてくるからさ……」

「でも早く話し合いして、すっきりしたいんだ」

「文句言うなよ。一華は加洲院の跡取りなんだからさ。お前の分まで、俺がひなを守ってやるから安心しろって。大体ＳＰなんていたら、相手が驚いて出てこねえよ」

「今日は、彼から呼び出しかかっても、帰らないでよ！」

お昼休み。問題の相手との話し合いが決まり、ひなたよりも一華と千里の方が白熱していた。

「分かってるって」

「それじゃひな、何かあったら千里を盾にして、逃げるんだよ。いいね」

「おい！」

「そんなに心配しなくったって、平気だよ。校内なんだし、何かあったら叫べば誰か来るよ」

にこにこと笑ってはいるが、内心ひなたも緊張している。

鷹矢が調べてくれた資料によれば、問題の志方聖は特に目立つ生徒ではない。どちらかと言えば、真面目な部類に入る。

「まあ、俺がいればそう簡単に手は出せないって」

「喧嘩しに行く訳じゃないからね」

ひなたは、千里に釘を刺す。

男関係が派手なせいか、ちょっとしたトラブルには慣れっこになっている千里は、既に喧嘩をする気満々だ。

「本当に、無茶だけはしないでね、ひな」

「うん」

何度も振り返りながら教室を出る一華を見送ってから、ひなたはお弁当を食べ始めた。

「それにしても、よく鷹矢さんがオッケー出したな。あの人、過保護そうなのに」

購買で買ったメロンパンをかじりながら、千里が興味深そうに言う。

「余りいい顔はされなかったけど、説得したら頷いてくれたんだ」

「……信頼されてるんだな」

「でもやっぱり心配だったみたいで、お守り持たせてくれたんだよ」

ひなたはワイシャツの釦《ボタン》を一つ外し、襟元からチェーンに通した指輪を取り出す。『指に嵌めたら、落としそうで怖い』と悩んでいたひなたに、鷹矢がわざわざネックレス用のチェーンを通して首にかけてくれたのだ。

昨夜鷹矢が言ったとおり、赤かった石が今は緑色に輝いている。

「へえ、アレキサンドライトか。すごいの貰ったな」

「知ってるの？」

「俺は持ってないけど、母さんが一つ小さいの持ってたな。確かめっちゃ高いんだ。相場は、えっと……」

「わーっ、言わないで！」

叫ぶとひなたは、耳を塞ぐ。

——志方先輩と話す前に、関係ない指輪のことで緊張してたら意味ないじゃん！

そんな騒がしい昼休みが終わり、普段通りに六時限目までの授業も終了した。

いよいよ、問題の先輩との話し合いが待っている。

千里と共に屋上へ行くと、既に志方がフェンスにもたれて立っていた。

「こんにちは、咲月です。志方先輩ですね？」

「何のつもりだよ。こんな所に呼び出して」

資料通り志方は一見、ごく普通の生徒だ。制服もきちんと着ているし、髪は少し長めだけれど校則違反はしていない。

ごく普通の彼が、あんな嫌がらせの手紙を書いたとは、証拠写真がなければ誰も信じないだろう。

ひなたは、制服の上から指輪を押さえた。

――大丈夫、鷹矢さんが一緒だもん。

そう思うと、勇気が湧いてくる。

「僕の下駄箱に、手紙を入れたのは志方先輩ですよね」

落ち着いて告げると、志方は僅かに目を眇《すが》めた。

「知らないな」

「おい！」

「千里」

素っ気ない返事をする志方に、千里が詰め寄ろうとする。放っておけば殴りかかりそうな千里を、ひなたは腕を掴んで押さえた。

「先輩がしたって、証拠はあるんです。正直に言って下さい」

「認めさせて、退学にでもするつもりか」

「どうして先輩が、こんな手紙を書いたのか知りたいんです」

真っ直ぐに、ひなたは志方の瞳を見つめる。

「怖くて、とっても不安でした。でも僕のことが嫌いなら、手紙以外にも色々できたはずですよね？　なのにどうして、手紙だけ続けたんですか」

問いかけても、志方は俯いて答えない。

——やっぱり、話してくれないのかな？

先に苛立ちを押さえ切れなくなったのは、千里だった。

「お前、それでも男かよ！　自分のやらかしたことの落とし前くらいつけろ！」

「……僕は…咲月が、好きなんだ」

すると絞り出すように、志方が信じられないことを口にする。

一瞬、ひなたと千里は顔を見合わせた。

「何か、面倒そうなヤツだな」

「けど本気みたいだし」

「だからお前は、甘いんだって」

千里が肩を竦めると、ひなたを庇うように前に出る。

「あのな、そんなバカみたいな言い訳して、同情引けると思ってんのか！」

『好き』と言うのなら、何故あんな手紙を下駄箱に入れ続けたのか、ひなたにはさっぱり訳が分からない。

「嘘じゃない」

「だったら尚更、タチが悪いぞ」

睨む千里に、志方は俯いたままぽつぽつと話し始めた。

「……前にも何度か、咲月の下駄箱に手紙を入れたことがあるんだ。その時は普通のラブレターだったんだけど……噂通り返事は来なかった。そんなお高くとまった態度がむかついてさ……何か悪戯でもしてやろうと思って……」

「つまり『可愛さあまって、憎さ百倍』ってこと？　ガキじゃねーんだからさぁ」

指摘されても、志方は黙ったままだ。

どうやら千里の言葉が、図星らしい。

「直接告白する勇気もないのに、返事がないからって逆恨みかよ。最低だな」

「僕だって、考えたさ……でも……」

「見苦しいから、言い訳は止めろよ」

年上の志方にも、千里は一歩も引かない。それどころか明らかに志方は、千里に対して怯えているようだ。

しかしひなたは、告白の中にあった『噂』が気になっていた。

――怖い……でも、聞かないといけない気がする。

ひなたは胸の指輪を強く握ると、志方に問いかけた。

「あの……志方先輩、噂ってなんですか？」

「咲月は手紙を渡しても、一切返事をしないって有名なんだ。仲の良い友達に見せて笑ったり、破いて捨てたりしてるって言うヤツもいたけど……さすがにそれは嘘だと、僕は思ったから……」

「返事はともかく、ひながそんな酷いことする訳ねえのに。なんだその噂！」

意を決して尋ねたひなたは、志方の言葉に愕然となる。

――確かに、先輩のしたことは悪いことだけど……原因は僕にもある。

他人からに向けられる好意を、面倒だからと無視してきた自分にも多少は非がある。つき合えないなら、無視ではなくきちんと拒否すべきだった。

そうしなかった結果、妙な噂が立ち、志方のように悪い方向に考えてしまい、逆恨みする者も出てきたのだ。

「ごめんなさい。今度からは、きちんと断りのお返事を出します」

「気にすることないぞ、ひな」

ひなたが非を認めるという結果に、千里は納得できないらしい。

けれどひなたは、首を横に振る。

「志方先輩。遅くなってすみません、返事をさせて下さい」

「咲月」

改めて志方に向き直ると、ひなたはぺこりと頭を下げる。

「お気持ちは嬉しく思います、でも僕には好きな人がいるから……」

「あ、待って。全部言わなくていいよ……聞くと辛くなりそうだ」

全部言う前に、志方が遮った。

「なんとなく、そうだろうなって思ってた」

「え？」

「入学式に見てから気になってたけど、最近とても綺麗になっただろ……恋人ができたんだなって分かって。正直、かなり焦った」

第三者の目から見ても、変わったと分かると言われて、ひなたは真っ赤になる。

「……僕って、そんなに変わった？」

「ばればれ。俺に言わせれば、エッチフェロモン出てるって感じ」

小声で千里に問うたひなたは、返された答えに聞かなければよかったと後悔した。

「それで、あの……手紙を止めたのはどうしてですか？」

「実は少し前に、一人で帰る咲月の後をつけたんだ。…直接、告白するつもりでね。そしたら偶然、携帯で話をしている姿を見てさ。とても幸せそうだったから、きっと恋人と話しているんだろうなって直感して、諦めついたんだ。君に嫌がらせするばかりの僕は、君にあんな笑顔を向けて貰える資格はないって思ってね」

正直になることで吹っ切れたのか、志方の表情はさっぱりとしている。その言葉に嘘はないとひなたも気づき、ほっと胸を撫で下ろした。

「直接告白する勇気がなかった僕が悪い。怖がらせて、ごめんな……それで、もし咲月がよければ、これから友達としてつき合ってほしいんだけど……いいか？」

「はい」

「おい、ひな！」

志方自身は、本質的に悪い人ではない。

ただひなたの反応がよくなかったのと、思いが空回りしたせいで、悪い方向に行ってしまっただけなのだ。

「……まあ、ひながいいって言うなら、俺は反対しねーけどさ。一華がなぁ。説得すんのは、ひなが責任もってやれよ」

「えー、千里も応援してよ」

問題は一華だけれど、きっと彼も説明すれば納得してくれるはずだ。

「ありがとう、咲月。その一華君に許して貰えないなら、直接会って謝罪するよ」

「まって！　志方先輩が会ったら、一華何するか分からないから！　会うなら、僕達が説得した後にして下さい！」

「俺も、命の保証はしねーぞ！」

必死の形相《ぎょうそう》で告げる二人に、志方は小首を傾げて微笑む。

「咲月の友人は、楽しい人が多いんだね」

——この人も、ちょっと変わってるかも……。

更に賑やかになりそうな学生生活を予感して、ひなたは少し困った顔で肩を竦めた。

マンションに戻ったひなたは、帰宅した鷹矢に手紙の相手と仲直りをした顛末《てんまつ》の報告をした。

パジャマ姿でくつろぐ鷹矢の前に、ひなたは行儀よく正座をする。

鷹矢の部屋はまだ散らかったままなので、座るのはベッドの上になってしまったが、それは仕方ない。

「それで、一華君は?」

「二時間かけて、電話で説得しました。まだ怒ってるみたいだけど、多分大丈夫だと思います」

電話を切る寸前、『これから千里に電話する』と言っていたから、今頃は千里が説得を試みているだろう。

――ごめん、千里。

ひなたに対する態度と違い、中等部からの友人である千里に一華は容赦がない。明日は購買で、メロンパンを千里におごろうとひなたは思う。

「一華も千里も、僕が甘すぎるって怒ってたけど。悪い人じゃないからお友達になろうって決めたんです」

「ひなたがそう決めたのなら、私は何も言わないよ」

そう言いながらも、どこか鷹矢は落ち着かない様子だ。

「鷹矢さんのくれた指輪、とても役に立ちました」

まだ首から提げたままにしている指輪を、掌に乗せる。今はきらきらと赤く輝く宝石は、ひなたに勇気をくれた。

「ならよかった」

けれどやはり鷹矢は、浮かない表情のままだ。

そんな鷹矢見て、ひなたは色々考える。

と、一つの可能性が、脳裏にひらめいた。

――ありえないよ、でも……前にも、似たようなことはあったし……。

もしかしていじめを心配していたのではなく、嫉妬をしているのかと考えたのだ。以前にもひなたがラブレターをよく受け取り、告白もされるという話を聞いて、不機嫌になったことはあった。

だが『閉じ込める』などと言われたのは、初めてのこと。

気持ちを確かめ合った婚約者なのに、何故そこまで激しく怒ったのかひなたには分からない。

「聞きたいことが、あるんです」

「なんだい？」

「どうして僕を『閉じ込める』なんて、怖いこと……言ったんですか」

不安と疑問が、ひなたの胸を交差する。

「正直に答えて下さい」

「ひなた……」

「どんな答えでも、僕はちゃんと聞きます」

鷹矢の思いがどんなものであっても、ひなたは正面から受け止めたかった。両手が震えるけれど、我慢して鷹矢を見つめる。

するとと鷹矢が手を伸ばし、ひなたを抱き締める。

「婚約したからこそ、君がラブレターを受け取っている事実が怖かったんだ」

「鷹矢さん？」

「私達は婚約しているだろう？　なのにどうして、他人からの告白を嫌がらない？　相談してくれない？」

抱き締める腕に、力が籠もる。

苦しいくらいの抱擁だけれど、それだけ鷹矢の想いが深いのだと分かるので、ひなたは黙って彼の背に腕を回した。

「理不尽な思いだと、自分でも分かっていたよ。君の性格を考えれば、ラブレターなんて相談する程の悩みではないからね。でも……私は君を、独占したかった。ラブレターですら、受け取ってほしくない」

「それで、僕を閉じ込めたいって思ったの？」

「ああ……その上今回は、君があまりにも手紙の相手を庇うような言動をしたから、好きになったのではと不安に思ってしまった」

——酷いよ。そんな勘違いするなんて、鷹矢さんのばか。

否定しようとして、ひなたは鷹矢を睨む。

「そんなことないです、僕は鷹矢さんが……その…」

けれど改めて想いを口にしようとすると、なかなか言葉が出てこない。

ふと、ひなたは気づく。伝えなければいけない場面で、自分はなかなか本心を言うことができずにいる。鷹矢は何度も『好き』と言ってくれるから、自分も言っているような気持ちになっていたのは否めない。

——僕、すごい甘えてた。

体を重ねるだけで、想いが伝わる訳ではない。いくら鷹矢が大人でも、そこまで察するのは無理だろう。

顔を上げた鷹矢が、言い淀む唇を塞ぐ。

「ぁ……鷹矢、さん……僕……」

鷹矢は触れるだけの口づけを解くと、吐息のかかる距離で話を続けた。

「君が私のオフィスに来た日、三澤に怒られたよ。彼は察しがいいから、身勝手な私の行動を見抜いていたんだろうね」

「三澤さんに怒られたって……ッ」

あの日、三澤が鷹矢を怒った所を、ひなたは見ていない。つまりひなたが、鷹矢とのエッチの後で眠ってから、三澤が何かを言ったのだろう。

――――み、見られたってこと？　恥ずかしくて、三澤さんに会えないよ……。

「と、ともかく……何を怒られたんですか？」

「ひなたはまだ子供だし、これからもっと好きな相手に出会う可能性もある。身勝手に振る舞っていたら嫌われると言われたよ」

一般的に見たら、確かに自分は子供だろう。

けれどひなたは十分自己判断できる歳だと、思っている。三澤の言葉はもっともだし、自分を心配しての苦言だと分かる。だが少なくとも、鷹矢以上に心惹かれる相手に会えるとは考えられない。

「そりゃあ鷹矢さんから見たら、子供かもしれません。でも、婚約するって自分で決めました」

「しかしね、私だけに縛りつけるのはよくない。もしも好きな相手が出来たら……」

「心変わりなんて、絶対にしませんよ！　それより鷹矢さんが僕を嫌いになる可能性の方が、ずっと高いじゃないですか！」

話すうちに感情が高ぶったひなたは、泣き出してしまう。

「鷹矢さんは格好いいし素敵だし、頭も良いし……僕なんか何一つ、敵わない！」

「ひなた。私は君が思っているほど、できた人間じゃない」

頬を伝う涙を、鷹矢が唇で拭ってくれる。

「真面目に仕事をしているのも、会社を継ぐ気になったのも、君がこうして側にいてくれるからだ」

それは何度も、言われている。

でも黒正グループの時期トップの座と、ひなたを同等に語られても、今一つ繋がらないのだ。

「君以外の相手と結婚なんて、考えられない！」

なかなか頷かないひなたに焦れたのか、鷹矢の語気も強まる。

「手紙の話を聞いてから、ずっと不安だった。君が他の誰かと恋に落ちて婚約を解消すると言ったら、止める権利は私にはない」

「えっ」

「閉じ込めたいと思ったのは本当だよ。でもね、そんなことをしたらひなたは私を嫌うだろう」

鷹矢の言葉は、ひなたにとって意外だった。

「どうしてですか？」

——僕が他の人を好きになってもいいの？

無理矢理にでも、引き留めてほしいと思う。

「……止めないんですか？」

「愛する人の幸せを願うのは、当然だろう。ひなたが幸せになってくれるなら、私は喜んで身を引くよ」

「鷹矢さん」

——僕はやっぱり子供だ。

もし逆の立場になったとしたら、ひなたも鷹矢の幸せを考えて身を引くだろう。けど、悲しむだけで、祝福など絶対にできない。

「ばか」

「ひなた……そうだね、私は君を……」

「違います。僕がばかなの……鷹矢さんも、少しはばかだけど」

強く鷹矢に、しがみつく。

――不安に思うことなんて、最初からなかったんだ。迷惑だなんて思われてなかった。

悩んだ時間がもったいない。

「僕がもっと、気持ちを言葉にしていれば、鷹矢さんも悩まずに済んだんですよね」

「ひなた？」

手紙の時もそうだ。最初からはっきりと拒絶していたら、志方はあんな悪戯などしなかったはず。

もっと勇気を持って、踏み出さなくてはいけない。ちゃんと伝えるべきことは伝えなければ、自分が傷つくだけでなく、相手にも辛い想いをさせてしまうのだ。

「ずっと甘えてたんです。鷹矢さんが優しいから、気持ちを言わなくても分かってくれてるって、勝手に思い込んでました」

ひなたの変化をくみ取ったのか、鷹矢は黙って言葉を待ってくれる。

――恥ずかしいよ……でも、言うって決めたんだから！　伝えなきゃ！

ひなたは、大きく息を吸い込む。

「鷹矢さん」

そして鷹矢と、額を合わせた。

「僕と結婚して下さい！」

恥ずかしくて今まで出なかった言葉が、自然に唇から零れた。

「愛してます、鷹矢さん！」

今日まで鷹矢は、自分以上に不安だったのだ。

少しでも鷹矢を安心させたくて、ひなたは自分からキスをする。

「んっ……ふ」

「ひなた……」

「……大好き…」

唇を重ねたまま告げると、鷹矢が微笑む。そのまま押し倒されそうになったひなたは、
はっとして唇を離した。

「あ、あの……」

「また、お預けかい？」

「えっと……そうじゃなくて。まだ聞いておかないといけないことがあるんです」

鷹矢に支えられ斜めになった不自然な姿勢のまま、ひなたは彼を見上げる。

「家事のことなんですけど、お休みの日はゆっくりしてくださいね。僕だって一通りできるんだから、鷹矢さんは無理しないで」

「無理はしてないから、大丈夫だよ」

「本当に？」

「ああ、ひなたと一緒に生活しているんだって実感が持てて、嬉しいんだ」

多分、他人から見たら、些細なことだろうなと思う。

けれどその、些細なことを少しずつ乗り越えて、近づいていくのだ。

――思っているだけじゃ駄目だよね。言葉や行動にしないと、気持ちが伝わらないもん。恥ずかしいけど頑張ろう！

もう一度、ひなたは深呼吸をする。

そして、鷹矢に告げた。

「お、お預け終了です」

何故か鷹矢が吹き出してしまい、実際押し倒されたのは十分後のことだった。

ベッドに押し倒されたひなたは、恥じらいながら鷹矢を見上げる。

「ひなた、いいかい」

「……はい」

うっすらと目元を赤く染め、傍らのクッションに頬を寄せた。

――鷹矢さんの香りだ。

部屋の灯りは消され、サイドテーブルに置かれた読書灯の淡い光が二人を照らす。

鷹矢の手がひなたのパジャマを、そっと脱がせていく。

そして鷹矢も、肌を曝した。

セックスするようになってから、鷹矢の裸は何度も見ている。けれどひなたは、彼が肌を曝すたびにまじまじと見てしまう。

スーツ姿の時は痩せて見えるが、脱ぐとそれなりに筋肉がついていると分かる。制服を脱いでも細いひなたとしては、ちょっと羨ましいのだ。

「……ひなた？」

じっと凝視する視線に気づいて、鷹矢が微苦笑を浮かべる。

「いいなー、筋肉」

「運動すれば、すぐに筋肉はつくよ。そういえばひなたは、スポーツ系の部活は入らないの？」

「うっ」

子供の頃は走り回って遊んでいたけれど、最近は授業の体育くらいしか運動はしていない。

「遊びで泳いだり、スケートをしたりするのは好きですけど……ちゃんと運動ってなると……」

基本的にスポーツは苦手だ。なので部活も、大人しい文化系である。

「でも私は、今くらいの方がいいけどね」

抱き締められて、ひなたは頬を赤く染めた。

直接肌が触れ合い、体温が混ざるこの感覚は大好きだ。

「あの、鷹矢さんは……僕と…してて、気持ちいいですか？　僕は、鷹矢さんみたいに筋肉ないけど…胸もないし……」

ずっと気になっていたことを、ひなたは思い切って尋ねてみる。今更という気がしないでもないけど、あやふやなままにしておくのは落ち着かない。

「もちろん、気持ちいいよ。ひなたは気持ちよくない？」

即答されて、ひなたは呆気にとられる。

大真面目な顔で見つめてくる鷹矢に、自分の方が何かおかしなことを言ってしまったような錯覚に陥った。

――僕、別に変な質問してないよね？　でも鷹矢さんは僕を好きって言ってくれるし、綺麗な女の人より僕をお嫁さんにするつもりなんだから……やっぱり変なこと言った？

あわあわと自問自答して黙り込んでしまったひなたに、鷹矢は勘違いをしたらしい。

「よくないなら、努力しないといけないな」

真剣な鷹矢に、ひなたは慌てて否定する。

「ちっ…違います…よくないとか、そんな、全然……」

「ならどっち？」

トマトのように赤くなった顔を覗き込む鷹矢を、思わず睨みつけた。けれどそんなことで、怯む鷹矢ではない。

「ひなた、答えて」

詰め寄られて、ひなたは観念した。

――意地悪っ。

「……気持ちいい、です」

「じゃあ、どこが気持ちいいか教えて」

「えっ？」

散々エッチなことをしてきたので、鷹矢はひなたのどこが感じるのかなど、熟知しているはずである。

「知ってますよね？」

「一応、確認」

――嘘だーっ。

絶対にわざと言っているのだと抗議したかったが、それより早く唇を塞がれてしまう。

「…は……ふっ……ン」

口づけながら、鷹矢の手がひなたの肌を撫でる。

首筋から胸元、脇腹へと指先が移動していく。鷹矢の指先が、そっと胸の飾りを摘んで押し潰す。

――や…弱いんだってば……そこ……っ。

「あんっ」

「ここも、気持ちいいんだね」

「いや…ぁ…」

身を捩って口づけを解く。

すると鷹矢は、すかさず耳朶をやんわりと噛む。

「っく……」

「耳も、弱くなったね」

「…だって、鷹矢さんが……いっぱい触るから……」

「ひなたの感度が、いいんだよ」

耳元で響く低い声も、ひなたの官能を高めていく。

――……ずるい…鷹矢さんの声…やらしいんだもん……。

意地悪く乳首を嬲っていた指先が、おへそを辿って中心に絡みつく。

「あっあ……そこ…ッ」

「いいんだね」

「…はい…ッ…あ」

開発された体は、些細な愛撫にも過剰な反応を示す。ゆっくりと幹を扱かれて、ひなたは背を反らした。

「あん……もっと……」

「もっと、何？」

もどかしい手の動きに、つい腰が揺れてしまう。

「教えてくれないと、何もできないよ」

「や、ンッ」

熱を持ち始めた先端を指の腹で擦られ、先走りが溢れる。

「…ぁ…は、ぅ……」

「もう、とろとろしてるよ。ひなた」

「言わないでっ」

鷹矢の胸に縋りついて、ひなたはぽかぽかと殴る。けれど快感で力が入らないせいか、鷹矢は笑ってひなたの拳を受け止める。

「婚約者を殴るなんて、酷いな」

「酷いのは、鷹矢さんの方……あっ」

指先が先端から離れて、奥の入り口へと向かう。

咄嗟に足を綴じてささやかな抵抗を試みたが、鷹矢の手がひなたの膝裏を掴んで持ち上げてしまった。

「駄目だよ、ひなた、ちゃんと脚を広げて」

「うっ…」

優しくキスをされ、ひなたは頷く。

——そんな目で見られたら、僕が悪い気がしてくるから止めてほしいのに。

けれどひなたは鷹矢の言うとおり、自ら両脚を曲げて両側へと開いた。

「いい子だね、ひなた」

頭を撫でてくれる手は、暖かくて優しい。

愛されていると分かるから、ひなたもこんな恥ずかしい姿勢を取れるのだ。

「鷹矢さん……」

「大丈夫。すぐに、気持ちよくなるからね」

「…はい……」

婚約するまでは、自分がこんなにエッチな体だとは思ってもいなかった。

年頃の少年なので、ひなたも自慰くらいはしたことがあったけれど、恋愛やセックスに対する興味は同年代の友人達より薄かったくらいだ。

「あっふ……指……」

「痛くはないだろう?」

「うん……」

それが今では、後孔に指を受け入れただけでも感じてしまえる程、開発されている。

「……ぁ、あ……」

――そこばっか…駄目っ。

前立腺の場所を知っている鷹矢は、感じる場所を的確に狙ってひなたを愛撫する。気持ちいいのだけれど、感じすぎて辛くなる。

「た…かや……さ……ひっ…」

「ひなたのイくところ、見せて」

「や、恥ずかしい……ンッ…あ……」

二本に増やされた指が、感じて僅かに膨らんだ前立腺を擦り上げた。

「…んっ……んぅ……だ、めっ……」

三度目まではどうにか堪えたけれど、四度目に擦られた時、ひなたの中心から白い蜜が溢れた。

——あ……いっちゃ…う……。

「…あ…は…」

ひくひくと後孔が痙攣して、鷹矢の指を締めつける。達した瞬間の顔を見られ、ひなたは恥ずかしくて涙ぐむ。

「嫌ぁ……見ないで、下さい……」

恥ずかしい姿は沢山見られているけれど、慣れるものではない。

目尻から溢れるひなたの涙を、鷹矢が舌先で拭う。

「可愛かったよ」

「ううっ…」

そんなことを言われても、嬉しくはない。

「鷹矢さんの、ばか」

罵倒しても、鷹矢は平然としているのでひなたは頬を膨らませる。

「そうやって可愛い顔をするから、もっといじめたくなってしまうよ」

「可愛くなんか、ないですよ！」

べえっと舌を出すと、それを絶妙なタイミングで鷹矢に嘗められて感じてしまう。ベッドの上では、鷹矢の方が断然有利なのだ。

「ひなた」

欲情をにじませる声に名を呼ばれて、ひなたはこくりと頷く。これから何をするのか、考えると頭の中がぼうっとしてくる。

鷹矢の手が、ひなたの腰を掴んで引き寄せた。既に屹立している鷹矢の中心が、太腿に触れる。

――すごい…熱くて、堅い……。

「んっ……」

これが、体の奥へ入ってくるのだ。

「息を止めないようにね」

「…はい」

気遣う鷹矢に、ひなたは微笑む。

――入って…くる……。

後孔を、雄が広げる。

痛みで一瞬息が詰まるが、ひなたは懸命に呼吸を繰り返した。

「あっく……ぅ…鷹矢さん……っ」

「ひなた…愛してる……」

ゆっくりと挿入される雄は、柔らかな内壁を押し広げひなたの奥を犯す。

鷹矢は時間をかけてひなたの中に自身を埋めると、シーツを掴んでいた手を握ってくれた。

「あの……鷹矢さんは、きもちいい？」

「いいよ……ずっと入っていたいな」

「えっち！　……ひゃんっ」

叫ぶと下腹に力が籠もり、中の鷹矢を締めつけてしまう。

感じて悲鳴を上げたひなたに、鷹矢が呼吸を妨げない程度のキスを送る。

――一つになってる……鷹矢さん…大好き……。

溶けてしまいそうな熱が、繋がった部分から広がっていく。

体も心も、全てが重なっているとひなたは実感する。

鷹矢も同じ想いでいるらしく、慈しみの眼差しでひなたを見つめている。

「ひなた…」

「鷹矢さん……」

どちらからともなく、二人は唇を重ねた。


ここは、鷹矢のオフィス。

出勤した時からずっと微笑んでいる鷹矢の前で、三澤がもう何度目か分からなくなった溜息をつく。

「その気持ちの悪い笑みを、止めてもらえませんか？」

「笑ってる？　私が？」

本人には自覚がないらしく、見ている三澤はげんなりとした顔を隠しもしない。

「一体何があったんですか？　……どうせ、咲月さん関係でしょうけど」

クールな上司として女性社員からは熱い視線、男性社員からは尊敬の眼差しを向けられる男の心を、唯一動かす相手が現役高校生の婚約者と知ったら、かなりの騒動となるに違いない。

そんな周囲からの視線や、三澤の考えなど微塵も気づいていない鷹矢は、デスクの端に置いてあった手帳を捲《めく》る。

「今度の休みに、ひなたと結婚指輪を買いに行くんだ。学生時代に買ったアレキサンドライトの指輪をひなたに渡したんだけど、石が大きすぎてね。あれは婚約指輪にしようと思う」

「はあ」

「どこがいいかな、いくつか候補はあるんだけどね」

「ええ」

「それとね、寝室も一緒にするんだよ。キングサイズのベッドを入れて、大々的に模様替えをして、それから……」

「専務」

「ああそうだ、新婚旅行先も決めないといけないいな」

「先輩！」

こほんと咳払いをする三澤に、鷹矢はやっと顔を上げた。

「お元気になって何よりですけど、仕事はきちんとして下さいね」

「はいはい」

有能な秘書に窘められて、肩を竦める。

「では私は、会議の準備をしてきます」

「あ、三澤君」

「何でしょう」

部屋を出て行こうとする三澤を呼び止め、鷹矢は僅かに口の端を上げた。

「君の苦言のお陰で、ひなたと距離が縮まった。感謝している」

「お礼なんて言わないで下さい。私は咲月さんに悲しい思いをさせたくなくて、言っただけですから」

しれっと返す三澤の物言いは、昔から変わらない。

「まあ結果として、私達の危機を救ってくれたんだ。感謝するよ。そのうち礼をしたいから、何かあったら遠慮なく言ってくれ」

「先輩に頼み事をするような事態に、私はならないと思いますが……一応、心に留めておきます。それと今夜、田上貿易の方と会食が予定されていましたが、専務が出向かなくとも問題ない内容と思われます。他の者に任せますか？」

「そうしてくれ」

三澤が出て行くと、鷹矢はデスクに飾ってあるフォトスタンドを見つめる。その中には、笑顔のひなたが飾ってあった。

「出来の良い部下のお陰で、楽をさせてもらってるよ。今夜は早く帰れそうだから、君と一緒に食事ができるね。ひなた」

らぶらぶの日々は、始まったばかり。

約束してくれた通り、鷹矢は次の日曜日『指輪を買いに行こう』と言ってひなたを連れ出した。

「婚約指輪ですか？」

「それはアレキサンドライトの指輪を君の指に合うように直して、改めて渡すよ。今日の目的は、結婚指輪だよ」

最寄りのデパートで買うのだと勝手に思い込んでいたひなたは、鷹矢の運転する車が大きな通りに入った時点で、嫌な予感が頭を過ぎる。

「あのー、どこで買うんですか」

「銀座に、黒正家がお世話になってる店があるんだ。そこなら気心も知れてるし、信頼できるからね」

「……はあ」

行き先は銀座と告げられ、ひなたは益々顔を強張らせる。

――別に銀座っていっても広いんだから、そんな凄いお店じゃないよ……きっと……多分……。

しかしひなたの願いも虚しく、車は大通りに面した小綺麗なビルの駐車場へと滑り込む。その上、車を降りるとすぐさま店員らしき人物が駆け寄ってきて、二人をエレベーターホールへと案内する。

連れて行かれた先は、ビルの最上階の部屋だった。

「お待ちしておりました、黒正様」

――何、これ……。

部屋に入ると、ロマンスグレーという言葉がぴったりの老人が先頭に立ち、後ろには十人近くの店員がずらりと並んで頭を下げる。

「悪かったね、いきなりで。でも大切な指輪を作ってもらうなら、信頼できるこちらがいいと祖父にも言われてね」

「光栄です」

「た、鷹矢さん」

店長らしき老人とにこやかに会話を交わす鷹矢の袖を、ひなたはそっと引く。

「何なんですか、ここ」

「何って、宝飾店だよ」

「そうじゃなくてっ」

聞きたいことは違うのだが、どうも鷹矢には上手く伝わっていないようだ。

――普通のお店じゃないじゃん！　指輪の入った、ガラスケースも置いてないし！

どうなってんの？

室内には品のいい応接セットが置かれているだけで、売り物は全く見当たらない。

「ご自宅と思って、くつろいで下さい。お飲み物は、いかがいたしますか？」

「私は、コーヒーで。ひなたは？」

「……オレンジジュース、下さい」

ひなたが緊張していると察した店長が、にこやかに話しかけてくる。

けれど全く初めての環境に放り込まれたひなたは、固まったまま飲み物をオーダーするので精一杯だ。

――指輪買いに来たのに、飲み物なんて出さないよね？　てか、こんなお部屋に、通されたりしないよねっ。

きっと千里がいてくれたら、同意してくれたはずだ。

鷹矢の腕にひっついてソファに座ると、待っていたかのように女性店員達が小ぶりのケースを運んでくる。

「こちらが、現在当店にある石でございます。結婚指輪でしたら、オーソドックスに無色の物が宜しいかと思いますが、カラーもお持ちしましたのでごらんになって下さい」

店長がケースを開けると、中にはダイヤがいくつも納められていた。

――石って……ダイヤのことなんだね……。

まだ指輪に填め込まれていないダイヤは、ひなたにはどれも同じに見える。

「どれがいい？」

「お手にとって、ごらん下さい」

白い手袋を渡されるが、とても触る度胸などない。その上、当たり前だがダイヤには全く値札もついていないのだ。

――こんな高級なの、怖くて触れないよ。

戸惑うひなたを迷っていると勘違いしたのか、鷹矢が無造作に大きなダイヤを手に取る。

「好きなのを選んでいいんだよ。これは、どうかな?」

「……小さいのでいいです。鷹矢さん、一番安いのにして、早く帰ろうよ」

早くこの場から逃げ出したい一心で、ひなたは訴える。大体、宝飾店に入ったことなど、今まで一度もない。

デパートだって、売り場を素通りするときにちらと見るだけだ。

そんなひなたが、いきなり個室での商談に同席させられ、『好きなのを選んでいい』と言われても、冷静に選べるはずもない。

しかし鷹矢は、ひなたの訴えをあっさり退ける。

せっかくだから、他にも作ろう。ネックレスとか、ブローチとか……ネクタイピンも必要だね」

「使わないからいいですよ!」

「何を言ってるんだい、これからパーティーに呼ばれることもあるんだから、作っておけば色々と便利だよ。そうだ、結婚式用にティアラも必要だね」

「ええっ! いりませんよ! それに『結婚式用のティアラ』ってどういう事ですか?

「……と、とにかく、こんな無駄遣いはだめです！」

高価な宝石に囲まれ、すっかり気が動転したひなたは、真っ青になって首を横に振る。

だが鷹矢は笑顔のまま、次々と宝石を手に取りひなたの前に差し出す。

「遠慮なんてしなくていいんだよ。ほら、好きな石を選んで」

――――……そうだ、鷹矢さんて黒正グループの跡継ぎだった
今更ながらに、ひなたは鷹矢の立場を思い出す。正式に鷹矢と結婚すれば、当然ひなたも伴侶としてパーティーにお呼ばれすることもあるだろう。ここでいくらひなたが頑なになっても、いずれは買わされるに違いない。

ならば手っ取り早く決めて、この居づらい空間から逃げるのが最良の選択だ。

「僕はよく分かりませんから、鷹矢さんが選んで下さい」

「分かったよ。けど念のため、ひなたも目を通してほしいな。やっぱりこういう物は、一緒に選びたいからね」

「……はい」

すっかり疲れ切ったひなたが、鷹矢と共に宝飾店を出たのは夜になってからだった。

どうにか指輪のデザインも決まり、受け渡しの目処が立ったのは一週間後のことである。あの日以来、宝飾店に出向くことはなかったが、電話で連絡を受けるたびに、ひなたは胃が痛んだ。

「……あんな高いの買うなんて。思ってなかった」

「いいじゃん。鷹矢さんが出してくれたんでしょ？」

昼休み。お弁当を広げての愚痴大会は、恒例となっている。

「けどさ、甘えちゃいけないと思うんだよね」

「何言ってるんだよ、向こうは世界の黒正グループだぜ。指輪くらい、ばーんと買ってもらえよ。他には何か買わなかったのか？」

「……鷹矢さん、他にも選んでたみたいだけど、怖くて見てない……」

「なんだよ、せっかくだからひなも一緒に色々注文すりゃよかったのに」

初めこそひなたに同情していたものの、話をするにつれてすっかり千里は好奇心丸出しになっている。

一方一華といえば、ひなたが何に恐縮しているのか、本気で分かっていない様子だ。

「うちはよく、お店の人が来るよ。母様と姉様が、しょっちゅうネックレスとか買ってるから、特に変だとは思わないな」

「さすが、加洲院」

「お店に行くのが怖いなら、ひなも家に来て貰えばいいんじゃない？」

さらりと言う一華に、ひなたは引きつった笑いを浮かべるので精一杯だ。

――予想はしてたけど、全然同情して貰えないのって……結構辛い。

ごく普通の生活をしてきたひなたにしてみれば、全て未知の世界の出来事である。いきなり慣れろと言われたって、無理に決まっている。

「ま、気持ちは分かるけどさ。婚約した相手が王子様だったんだから、諦めろよ」

僅かに哀れみを込めて、千里がひなたの肩を叩く。

「千里……」

「お前の分まで、俺が一般人の生活を堪能してやるから、安心しろ！」

「千里のばか！」

悪友はにやにやと笑うばかりで、ひなたはもう溜息すら出ない。


すっかり疲れ切ったひなたがマンションに戻ると、珍しく鷹矢が先に帰宅をしていた。そして更に驚いたことに、信じられないお客までひなたの帰りを待っていたのである。

「ただいま……ああっ」

「その様子だと、覚えているみたいだね。従妹《いとこ》の、昌美《まさみ》だよ」

リビングでお茶を飲んでいた女性が、ひなたに会釈をする。確か彼女は、鷹矢と一緒にホテルへ入っていった女性だ。あの時の激しい勘違いを思い出して、ひなたは顔から火が出そうになる。

——よく見れば、目元の辺りとか似てるし……何で恋人だなんて、勘違いしちゃったんだろう……。

「鷹矢さん、昌美さんにはこの間のこと……」

「言ってないよ」

鷹矢に問うと、苦笑混じりの答えが返される。ほっと胸を撫で下ろすが、恥ずかしい気持ちは消えない。

しかし逃げ出すのは失礼なので、何とか気持ちを落ち着けると鞄を置いてぺこりと頭を下げた。

「初めまして。咲月ひな……」

「やーん、写真で見るよりずっと可愛い！」

名前を言い終える前に、昌美が席を立つ。そしてひなたの側へ駆け寄ると、いきなり抱き締めた。

女性とはいえ、ぎゅうぎゅうと抱き締められれば、それなりに苦しい。

「ひゃあっ」

「昌美！」

無下にもできず固まってしまったひなたから、鷹矢が昌美を引き離す。しかし昌美は、何故か鷹矢へ食ってかかる。

「邪魔しないでよね！」

「邪魔とは何だ！　ひなたは、私の婚約者だぞ」

「だから何よ！　こんなに可愛い子独り占めして！　ずるいわ！」

ぽかーんとしているひなたの頭上で、くだらないとしか言いようのない罵りあいが続く。

「どうしてお爺様は、私に咲月さんとの縁談を持ちかけて下さらなかったのかしら？　鷹矢君ばかり贔屓《ひいき》して、不公平よ」

「婚約話は、ひなたのお爺さんから直接私に来たと何度も説明しただろう。お前は最初から、縁がなかったんだ！」

「まあ、酷い言い方。ひなちゃん、鷹矢君が嫌になったら、いつでも私の所に来てね。大切にするわ」

——黒正の人って、みんなこんななのかな？

呆然としていたひなたは、話を振られて我に返った。

「あの、昌美さんの申し出は、とても嬉しく思います。でも僕は……」

鷹矢以外の、それも会話を交わすのは初めての相手に、自分の想いを告げるのは気恥ずかしい。もしひなたが言葉を濁してしまっても、鷹矢なら上手くこの場を切り抜けてくれるだろう。

だが、それでは意味がない。

――でも、ちゃんと言うって決めたんだから！

きっと鷹矢も、ひなたの言葉を待っているはずだ。ひなたはまっすぐに昌美を見て、きっぱりと告げた。

「僕は、鷹矢さんが大好きなんです。ごめんなさい」

「……そう言うなら、仕方ないわね」

綺麗な女性が、しょんぼりと項垂れる姿は、見ていて辛い。思わずひなたはフォローしようとしたけれど、それより早く昌美は自力で立ち直った。

「ひなちゃんが鷹矢君に取られるのは辛いけど、いつまでもうじうじしてるのは、よくないわよね。人間前向きに生きなきゃ！　そうそう、私式場のパンフレットを持ってきたのよ。ひなちゃんも見て！」

昌美に手を引かれ、ひなたは有無を言わさずリビングのソファに座らされる。

「いつも、こうなんですか？」

「……うん……だから、気にしないでくれ」

小声で遣り取りする鷹矢とひなたの前に、昌美が鞄から出した大量のパンフレットを置く。

「新しく買った会社がね、ウエディングに力入れてるのよ。ほら最近流行《はや》ってる、ホテルじゃなくて、貸し切りで式を挙げるあれ」

黒正グループの縁者である昌美は、リゾート関連の企業を買収し運営しているのだと、前に鷹矢から聞いていた。

どうやら最近は、ウエディング関係に興味を示しているらしい。

「これはどう？　イギリスの教会を移築したのよ。こっちは、フランスの田舎にあった教会がモデルなの。外観は日本で作ったけど、中の家具やステンドグラスは、向こうの職人に作らせたのよ」

喜々として語る昌美の意図が分からず、ひなたは助けを求めて鷹矢を見た。

「この間、結婚指輪を買った話をしたら、私達の式場を、検討しに来てくれたんだよ」

「えーっ」

突拍子もない現実を突きつけられたひなたは、目眩を覚える。何とかしてそれだけは回避したいが、この調子で捲《まく》し立てられては到底勝ち目はない。

「どうする？　私の一押しは、この煉瓦《れんが》の教会かな。披露宴の会場はついてないから、移動になるけど……」

「披露宴とか、いらないです！」

「そう？　ああ、ひなちゃんは学生さんだし、もっと気楽なパーティー形式の方がいいかしら。なら、ここで決まりね。二次会の会場は、また改めて手配しておくわ」

何やら勝手な勘違いをした挙げ句、昌美は一人で納得してしまった。

――とりあえず、今度訂正すればいいか……。

すっかり昌美のペースに巻き込まれてしまったひなたは、現時点での誤解を解くことを諦め、力なく頷く。

「鷹矢君、ドレスはどうする？」

「オーダーメイドがいいんだけど、時間がかかるよね？」

「そうねえ……急いでも、三カ月くらいかな。デザインの打ち合わせで、結構時間とられるわよ」

「ちょっと待って下さい！　今ドレスって言いましたよね？　一体誰が着るんですか？」

慌てるひなたに、昌美が当然と言わんばかりの顔で告げる。

「ひなちゃんに決まってるでしょ」

「僕は男ですよ！」

「そんなことくらい、知ってるわ。でもひなちゃんだったら、絶対似合うわよ。一番可愛いドレスを用意するから、安心してね」

「鷹矢さん……そうだ、鷹矢さんが着ればいいじゃないですか！　僕はタキシードで……」

「…ひなちゃん、本気？」

真顔で昌美に詰め寄られ、ひなたは我に返った。

百八十センチ越えの鷹矢がウエディングドレスを着た姿を思わず想像してしまい、真っ青になって首を横に振る。

「ごめんなさい」

「じゃあ、ひなちゃんが着るってことで決まりね」

藁《わら》にも縋る思いで隣に座る鷹矢の袖を引くけれど、全く頼りにならないとすぐに気づく。

「ひなたのウエディングドレスか……きっと、白百合《しらゆり》のように愛らしいだろうね」

「……もういいです」

心底幸せそうに微笑む鷹矢に、ひなたは肩を落とす。

――どうなるんだろう……。

短時間ですっかり疲れてしまったひなたに代わって、鷹矢が昌美の相手をしてくれる。

さすがに長年つき合いのある親戚だからか、昌美のノリに合わせて鷹矢は話を進めている。

「今回はプレタクチュールにしたら？　型紙が決まってて、それにアレンジ加えるだけだから短期間でできるし」

「なら、それにしよう。手配は任せるよ。構わないね、ひなた」

「はい……」

結局昌美の勧める式場で、結婚式をする約束をさせられてしまった。

一通り説明を終えると、昌美は笑顔でマンションを後にする。

「まるで、台風みたいですね」

「彼女が本気になると、こんなもんじゃないよ」

鷹矢も疲れているのか、珍しく声に覇気がない。

「でも、本当によかったんですか？　結婚式なんて……」

「私は嬉しいよ。決め方は急で強引だったけど、昌美が選んだ場所なら安心できるしね」

何だかんだ言いつつも、鷹矢も乗り気らしいと分かる。

――そういえば、『今回』って言ってたけど……あれって、どういう意味なんだろう？

聞きたいけど、怖くてとても聞く勇気は出なかった。


昌美の到来から、一カ月ほど経過したある日のこと。

登校したひなたは、教室に一華がいないと気がついた。

「一華、どうしたんだろうね？　休むなんて、滅多にないのに」

「ああ、クラス委員だから、先に行って手伝うんだってさ」

「ふーん」

隣の席の友人に尋ねても、ひなたにはよく分からない返事が返されるだけで終わってしまう。

――何だろう？

今日は特別授業でもあったかと考えるが、特に思い当たらない。

「それより、ひな。お前のんびりしてて、大丈夫なのか？」

「へ？　なんのこと？」

「とぼけるなよ。おめでとう！」

「まさか、咲月が一番乗りとは思わなかったよ」

一人が口火を切ると、周囲の席の友人等が口々に祝福の言葉を述べ始めた。

「えっ……何？　千里、どういうこと？」

「お前の問題だろ」

少し離れた場所で、楽しげに様子を眺めている千里に呼びかけるが、全く相手にしてもらえない。

――今までで、一番……嫌な予感がする。

事態をさっぱり把握できないまま、三時限目まで授業を終える。しかし四時限目の授業を始めるために入ってきた数学教師は、ひなたを見るなり怪訝そうに眉を顰める。

「あら、咲月さん。まだいたの？」

「へっ？」

教師は、とても嫌な言葉を口にした。

「事務室に、ご家族の方が見えてるわよ。荷物を持って、事務室へ行きなさい」

以前幸蔵の容態が悪化した際も、こんなふうに呼び出されたことをひなたは思い出す。

「はい！」

――まさか、またおじいちゃんが……。

急いで鞄に教科書を放り込み、走って事務室に向かう。すると事務室の隣にある教員用の玄関口に、あの時と同じように緊張した面持ちの鷹矢が立っていた。

「おじいちゃんに、何かあったんですか？　ああ、もう！　この間無理しちゃ駄目って言ったのに！」

青ざめるひなたに、鷹矢が首を傾げた。

「幸蔵さんがどうかしたのかい？」

「だって、おじいちゃんの具合が悪くなったから、呼びに来たんじゃ……」

「違うよ。今日は式を挙げる日じゃないか」

――どういうことっ？

口をぱくぱくさせて固まっているひなたを、半ば抱えるようにして鷹矢が車まで連れて行く。

「早くしないと、昌美に怒られるよ。三日前から結婚式の準備にかかりっきりで、彼女寝てないんだ」

「結婚式っ？」

「まさか忘れてたのかい？」

「いつそんな話しました？」

二人の住むマンションに昌美が来て、式場の話はしたけれど、具体的なことは何一つ決めてない。

というか、ひなたは半分以上、冗談だと思い込んでいた。

「先週の夜、君のベッドで……」

「わーっ」

背伸びをして、ひなたは鷹矢の口を両手で覆う。確かに鷹矢はエッチの最中、そんな話をしていた気がする。

けれど甘い快感に翻弄されるひなたは、まともに聞ける状態ではなかった。

「本気だったんですか？」

「当たり前じゃないか。ほら、早く乗って」

鷹矢に促されるまま、車に乗り込む。

するとすぐに、鷹矢はエンジンをスタートさせた。どうやら式場の場所は、分かっているらしい。

——三日前から徹夜って、昌美さん何してるの？　……それより、結婚式って本気なのかな？

聞けば鷹矢は答えてくれるだろうが、ひなたは現実を直視するのが怖くて質問できない。

三十分ほど車は走り、都内に作られた教会の駐車場に停まる。

確かここは、昌美が勧めていた『フランスから移築した』という有名な教会だ。パンフレットの表紙にもなっていたので、ひなたも覚えている。

——すっごく綺麗だし、周りから見えないように高い壁で囲ってあるけど……本当にここでするの？

煉瓦造りの門を入ると、既に会場では昌美が走り回っていた。昌美はひなたと鷹矢を見つけた瞬間、もの凄い形相で駆け寄ってくる。

「来てくれないかと思ったわ！　これで、一安心ね」

肩を掴み安堵の溜息を吐く昌美の背後から、何故か一華がひょっこりと顔を覗かせた。

「遅いよ、ひな！」

思いがけない場所で顔を合わせた親友に、ひなたは驚きを隠せない。

「昌美さんは分かるけど、どうして一華がいるの！」

「だって僕、クラス委員だから」

「は？」

訳の分からない理屈だが、今は説明を求めている場合ではないようだ。

ウエディングプランニングを企画する会社の社員達が、側に来ては口々に昌美に伝達事項を告げていく。

「黒正吉勝様、先程親族の待合室へ入られました」

「階段の飾りに不足していた百合ですが、補充終わりました」

「分かったわ。これからお客様がどんどん来るから、粗相のないようにね」

――――お客様っ？

いつの間に招待状を出したのか、鷹矢を問い詰めようとしたけれど、既にその姿は消えていた。

「あれ、鷹矢さんは……」

「ほら、ひなた君も早く着替えて」

「着替えって……」

一華と昌美に引きずられるようにして、ひなたは更衣室へと連行される。有無を言わさぬ二人の勢いに、抵抗などとてもできない。

部屋に入ると正面に飾ってあるウエディングドレスが嫌でも目に入り、失神しそうになる。

「うそ、ドレス？　これを着るの？」

「下着もあるのよ」

「ええっ、あの、僕、男……」

「早くして！　神父さん待たせてるんだから！」

この場で嫌だと断ったら、確実に殺されるだろうという剣幕で昌美に詰め寄られ、ひなたは無言で頷く。

――……誰か助けて……くれないよね。

親友のはずの一華まで、喜々としてひなたのブレザーを脱がしにかかっている。

呆然としているひなたは、あっと言う間に二人の手でウエディングドレスを着せられてしまった。

「わー、似合うよ、ひな！　このティアラとドレス、すごく合ってる」

褒められても、全く嬉しくない。

むっとしたままのひなたへ、有無を言わさず白バラのブーケが押しつけられた。

「はい、これ。後でブーケトスしてね」

「……一華に投げてあげるから。ちゃんと受け取ってね」

嫌味を込めて言ったのだけれど、ひなたには意味の分からない返答がされる。

「僕は、もう一つの方を貰うからいいよ。それじゃ、僕の仕事はここまでだから教会に行ってるね」

昌美と二人で更衣室に取り残されたひなたは、改めて鏡に映る自分の姿を見つめる。

真っ白いAラインのドレスは胸元が大きく開いており、ティアラとお揃いのネックレスが肌を飾っている。床に引きずるほどの長いヴェールと、白バラでできた丸いブーケを持つひなたはどこからどう見ても、立派な花嫁だ。

「咲月君のお爺様、まだ歩けないそうだから、変則的だけど、うちのおじいちゃんと一緒にバージンロード歩いて入ってね」

「あ、はい」

思わず返事をしてしまうと、ドアが開いて黒いタキシードを来た吉勝が入ってきた。

「おお、似合っているよ。ひなた君」

――吉勝さん楽しそう……おじいちゃんの友達だから、仕方ないか。

ここまで来てしまったら、腹を括《くく》るしかなさそうだ。覚悟を決めたひなたは、昌美に問いかける。

「その後は、どうすればいいんですか？」

これまで結婚式に参列したことのないひなたは、一体どうすればいいのか作法が全く分からない。

普通なら事前の打ち合わせで説明をされるのだろうけど、昌美が急ピッチで進めてしまったせいで、それすらもないのだ。

「分からなかったら、私がこっそり教えてあげるから心配ないよ」

優しい声のした方を見ると、新郎の白いタキシードに着替えた鷹矢がいつの間にかいた。

――わっ…格好いい……。

胸にはひなたの持つブーケと同じく、白バラで作られたブートニアをつけており、ひなたと視線が合うと安心させるように微笑んでくれる。

「はい」

見惚《みと》れていたひなたは、元気よく頷く。

鷹矢がそう言うなら、安心だ。

「鷹矢君は先に行ってないと駄目でしょ！　ああもう時間二十分もオーバーしてるじゃないの！」

「ではひなた君、行こうか」

悲鳴に近い昌美の声で、その場にいた全員が慌ただしく動き出す。

「黒正さん、おじいちゃんは来てるんですか？」

「もちろんいるよ。一番前の親族席に座っているから、すぐに分かる」

その言葉にひなたは、嬉しいような気恥ずかしいような、複雑な思いに駆られた。

――おじいちゃんは僕の家族だし……恥ずかしいけど、見られるのは仕方ないか。

ウエディングドレス姿なんて、他人にはとても見せられない。一華も参列するらしいが、それは諦めるしかないだろう。

――何だかんだで、着替えも手伝われたしね………って、これ…何っ！

吉勝にエスコートされ、教会に入ったひなたは目の前の光景に目を見開く。ドレスを見た驚きの、比ではない。

真っ白いバラと百合で飾りつけが成された教会内には、クラスメイトと担任の教師、そして華翠学院の院長までもが揃っていたのだ。

よく見れば拍手をする中に、志方先輩の姿もある。

――どういうことっ？

悲鳴を上げて逃げ出したかったけれど、ここまで来たら最後までやり通すしかない。呆然としたまま吉勝に連れられバージンロードを歩いていたひなたは、気がつけば祭壇の前に立つ鷹矢に引き渡されていた。

「みんなに見られるなんて、聞いてない！」

小声でひなたは、鷹矢を怒る。

しかし鷹矢は悪びれる様子もない。

「せっかくだから、大勢に祝福して貰った方がいいと思ったんだ。ひなたも、その方が賑やかでいいだろう？」

「……よくない」

「ああ、ひなた。神父さんの話が終わったら、指輪の交換とキスだからね」

「キスっ？」

真っ赤になって、ひなたは絶句する。

「綺麗じゃぞ、ひなた」

――おじいちゃん……。

親族席から微かに聞こえた声に、ひなたは振り返る。すると車椅子に座って、手を振る幸蔵の姿が見えた。

幸蔵の目元には、涙まで浮かんでいる。

――恥ずかしいけど…嬉しいな……。

両親を亡くしてから、ずっと二人で生きてきた。

そのかけがえのない家族に、自分は祝福されている。

胸の奥が、温かな想いで満たされていくのを、ひなたは感じていた。

「幸せにするよ、ひなた」

「……はい」

——お父さんとお母さんが生きてたら、喜んでくれたかな。

「今度、ひなたのご両親のお墓参りに行こうね。結婚のご報告をしないと」

声を詰まらせるひなたに、鷹矢が囁きかける。

いつもひなたを想ってくれている鷹矢は、ちゃんと分かっているのだ。

「指輪の交換を」

涙ぐむひなたのヴェールがゆっくりと上げられる。

互いの指に、結婚指輪が嵌められた。

「ひなた、愛してるよ」

「……僕も」

ゆっくりと鷹矢の顔が近づき、ひなたは目蓋を閉じる。

そしてキス。

触れるだけの軽い口づけに、ひなたは真っ赤になりながらも微笑みを浮かべる。

——これで式は、終わりだよね。

済んでしまえば、どうということはない。僅かに緊張が解けたせいか、ひなたはドレスに足を引っかけてしまった。

「わっ……あれ？」

確実に転んだと思ったが、体は何故か宙に浮いたままだ。

「こうして、外へ出てもいいだろう」

「鷹矢さんっ」

いわゆる『姫抱っこ』をされた状態で、ひなたはみんなの前を通り過ぎる羽目になる。

——何かもう、恥ずかしすぎてどうでもいいや……。

祝福の言葉や花弁《はなびら》が、周囲から飛び交う。

教会から出ると、参列していたクラスメイト達が我先にとひなたを取り囲む。そして今度は、ライスシャワーが降りかかる。

「ひなた、そのまま動かないで」

幸せそうに微笑む鷹矢が、抱いていたひなたをそっと下ろした。

——何するんだろう？　写真撮影とか？

赤い絨毯の上に立つと、頭上に設置されたスピーカーから一華の声が聞こえてくる。

「それじゃ最初に、ブーケトスから！」

「ひなた、ブーケを投げるんだよ」

「はい」

促されるまま、ひなたはブーケを空高く放り投げる。

参列者の中には、鷹矢の会社の女子社員らしき人も数名いたが、ほとんどはひなたのクラスメイトだ。

けれどさすが華翠学院の生徒と言うべきか、受け取れば次の花嫁になれると言われるブーケトスは、それなりに盛り上がる。

だが次のアナウンスが流れると、更に大きな歓声が巻き起こる。

「次はお待ちかね、ガータートス！」

「なにそれ……鷹矢さん……？」

聞き慣れない言葉に、ひなたは鷹矢に説明してもらおうとするが、何故か彼の姿がない。

その時突然、スカートの中がもぞもぞと動き出して、ひなたは悲鳴を上げた。

「ひゃあっ」

「ひなた、左足を上げて」

「たっ鷹矢さんっ？」

中に潜り込んでいた鷹矢が、素早くひなたの左側の太腿からストッキングを押さえていたガーターを外す。

そして信じられないことに、それを参列者目がけて投げたのだ。

「ガータートスはね、受け取ると次の新郎になれるって言われているんだよ。どうしたんだい、ひなた？」

――――信じられないっ。

真っ赤になって震えるひなたの顔を、鷹矢が覗き込む。

羞恥の余り、言葉の出なくなったひなたを除けば、式は無事終了した。

精神的に疲れ切ってしまったひなたは、鷹矢に連れられて近くのホテルへと向かった。

式は疲れるから終わったらすぐに休めるようにと、昌美が気を利かせて部屋を用意してくれたのだ。

披露宴も花嫁の疲労と、参列者に学生が多いことを配慮して後日となっているので、後はゆっくり過ごせばいいと昌美から言われている。

「結婚式……終わったんですよね」

「そうだよ」

まだ頭が混乱しているひなたは、ホテルに着いてもぼんやりとして、ベッドに座り込んでしまう。

「何か飲むかい？」

「あ、お水下さい。喉がからからなんです」

鷹矢が用意してくれたミネラルウォーターを受け取り、一気に飲み干す。すると少しだけ、気持ちが落ち着いた。

「すごい一日でしたね。僕一年分くらい、疲れちゃいました」

「でも、幸蔵さんも喜んでくれたし。いい記念になっただろう？」

「それは、そうですけど……」

納得できないことは多々あるが、今は幸蔵が喜んでくれたので、深く考えないようにしようとひなたは思う。

「それにしても、綺麗なドレスですね」

ベッドから降りると、ひなたは全身の写る大きな鏡の前に立つ。

男の自分がウエディングドレスを着るという不本意な事態になったが、ドレス自体に罪はない。

くるりと回ると、ドレスの裾がふわりと浮かんで綺麗なシルエットを作る。

——何だか、不思議。

まさか自分が、本当に花嫁になるなんて思っていなかった。

婚約はしたけれど、実感が湧かなかったと言った方が正しい。別に鷹矢を婚約者として受け入れてない訳ではなく、正式に結婚するのはまだ先という気持ちでいたせいで、心の準備ができていなかったのだ。

ひなたは左手の薬指に嵌められた、指輪を見つめる。

神の前で永遠の愛を誓った印。

——僕は、鷹矢さんと……結婚したんだ。

確かな実感はないものの、指輪を見ていると感激で胸が熱くなる。この指輪を見るたびに、自分は鷹矢の伴侶であると自覚していくだろう。

黒正グループのトップとなる鷹矢に相応《ふさわ》しい人間になれるか、ひなたはまだ自信が持てない。

けれどどんな困難があっても、鷹矢と二人で歩いていきたいと思う。

——鷹矢さんの足を引っ張らないように、頑張ろう……。

ふと顔を上げると、いつの間にか後ろに立っていた鷹矢に抱き竦められた。

「綺麗だよ」

「……鷹矢さんも、格好いいです」

お互い、ウエディングドレスと、タキシードを着たままだ。

鏡の中で視線を合わせ、微笑む。

幸せな気持ちで、ひなたは鷹矢にもたれかかった。

——でもやっぱり、恥ずかしいな。

二人きりでもドレス姿を見られているのは、気恥ずかしい。

別にひなたの意志で着た訳ではなく、半ば強引に着せられたので、本心を言えば早く脱いでしまいたい。下着もひなたに合わせたとは言え、基本が女性の物なので、どうにも落ち着かないのだ。

「何をしてるんだい？」

「脱ぎたいんですけど、ボタンがどこか分からなくて……」

ごそごそとドレスを探るひなたを、鷹矢が訝しげに見つめる。しかしレースに埋もれてどこにボタンがあるのかも分からない。

「これ、かな？　違う、飾りだ……こっち…じゃないし……もうっ」

着付けは昌美と一華がしたので、ひなたはドレスの構造がさっぱり分からないのだ。次第に苛立ち始めたひなたは、背後の鷹矢に助けを求める。

「鷹矢さんも、手伝って下さい」

「うん、ひなたの気持ちも分かるけど……」

曖昧に返事をすると、いきなり鷹矢がスカートを捲り上げた。

「やっ……変なとこ、触らないで！」

ガーターを外された時と同じく、不埒《ふらち》な手がスカートの中へ忍び込む。太腿をまさぐりながら、鷹矢の手が中心へと迫ってくる。

「駄目っ…だめですよ！」

「何が駄目なんだい、ひなた」

「だって鷹矢さんっ…ドレス、汚れちゃいます」

「構わないよ」

「そんな…これ、借り物でしょう！」

すると鷹矢は、驚いた顔で告げた。

「君のサイズに合わせて作った特注品だよ。デザインは、既製の物を使ったけどね。昌美から、聞いてないのかい？」

どうりで、女物のドレスがぴったりと肌に合っているはずである。

「いつ計ったんですかっ？」

採寸なんて、一度もしてない。

なのにどうして、自分に合ったドレスが出来上がっているのか、ひなたにはさっぱり分からない。

——まさか……。

「君が眠っている時に」

笑顔で答える鷹矢に、ひなたはがっくりと項垂れた。

「で、でも駄目っ……触らないでっ……んっあ…」

「止めていいのかな?」

下着の中に忍び込んだ手が、いやらしく動いてひなたを煽る。両手で先端と幹を同時に弄られて、既に蜜が垂れ始めていた。

——腰が揺れちゃう……。

鷹矢はそのまま射精させる気なのか、手の動きを止めてくれない。

先端がひくひくと震え、ペチコートと幹が擦れ合う。

「ん…くぅ…もう……いっ、ちゃうよ……」

びくんと腰が跳ねて、ひなたは鏡の前で立ったまま射精した。

鏡に手をついて荒い息を吐くひなたの首筋に、鷹矢が唇で触れる。

「見てごらん、ひなた」

「あ……やだ……」

——僕、えっちな顔してる……。

達したばかりで上気した自分の顔を、ひなたは初めて見た。

快楽でとろりと濡れた瞳と、薄く開かれた赤い唇。自分で見ても、いやらしいと思う姿だ。

「あ、ん……」

首筋にキスをされ、ひなたは小さく喘ぐ。

「恥ずかしいのかい？」

目元を染めて頷くと、嬉しそうに鷹矢が囁いた。

「とても綺麗だよ」

「鷹矢さん……」

達して敏感になっている肌を撫でられ、ひなたは身悶える。

「みんなに自慢したいよ。私の花嫁は、こんなに綺麗だってね」

片手でひなたの左手を取ると、鷹矢が薬指に口づけた。

「…嫌……」

「ひなた？」

ひなたは、ふるふると首を横に振った。

「鷹矢さんにしか、見せたくありません」

「もちろん、分かっているよ。誰にも見せない」

抱き締める腕に、力が籠《こ》もる。

「もっと綺麗になる瞬間を、見たいな……ひなた」

嫌って言っても続ける気でいるのは、声で分かる。

……僕も……したくなってるから……いいけどさ……。

一度射精しただけでは、体が疼いて収まらない。

体の奥に鷹矢の精を受け止めないと、ひなたは落ち着かないのだ。

淫らに変えられた自分の体を再確認して、真っ赤になり俯く。そんなひなたを抱き締めたまま、鷹矢がふと思い出したように言った。

「そういえば、今日は初夜だね」

「な、何言い出すんですか！　それに、初めてじゃな……」

言いかけて、ひなたはあまりの恥ずかしさに口を噤む。

——もう何度もエッチしてるのに！

しかし、鷹矢は大真面目な顔で続ける。

「式を挙げてからは、初めて二人で過ごす夜だろう。だから、初夜でいいんだよ」

「そうなんですか？」

「そうだよ」

断言されると、そんな気がしてくるから不思議だ。

――……もうどっちでも、いいけど……って、鷹矢さんっ……。

下着をずらして後孔をまさぐり始めた鷹矢の手に、ひなたは慌てた。

「着たまま、するんですか」

「嫌？」

「だって、恥ずかしいじゃないですか。それにわさわさしてすっごく動きにくいんですよこれ」

ドレスの下にはパニエを履いているし、スカート自体もレースがごわごわしていて、動きづらいのだ。

「うーん……でもドレス姿の君を抱くなんて、これから何度も機会があるとは思えないからね」

「もう二度とありません！」

「なら尚更、機会を逃したくないよ」

鷹矢の目が、楽しげに細められる。

――墓穴だった？

そう気づいたが、既に遅い。

すっかりやる気になってしまった鷹矢は、ひなたを抱き上げると早速ベッドに向かった。

しかし、いざベッドに横たわってみると、やはり大量の布が邪魔をする。

「意外と、難しいね」

「でしょう？」

「じゃあ、こうしよう」

鷹矢はひなたを抱き起こすと、ベッドに座り自分の膝へ向かい合う形で座らせる。

――余計なことばっかり、考えつくんだから……。

「あんっ」

けれど、太腿に堅い雄が触れると、それだけでひなたの腰は疼いてしまう。

一度射精したせいもあり、後孔は既にひくついている。

「鷹矢さん……」

「ドレスが邪魔で、見えないね」

「えっ……」

鷹矢は互いの下半身を隠す形になった大量の布に手を突っ込み、中で自身を出したようだ。

熱がダイレクトに後孔に当たり、ひなたは身を竦める。

「つく……ぅ…」

「我慢できる？」

耳元で意地悪く問われ、ひなたは首を横に振った。

もう堪える気力はない。

「我慢できませんっ」

「……挿れるよ」

慣らさずに挿れるのは初めてではないが、慣れている訳でもなかった。けれど今は、鷹矢の熱が早く欲しくて、ひなたは自分から腰を擦り寄せる。

「も…早く……挿れて下さい…」

雄をねだるひなたの言葉に、触れている鷹矢自身が更に硬度を増した。

——どうしよう、堅い……っん。

「ひ、ンッ」

一気に根本まで突き込まれ、細い腰ががくがくと震えた。鷹矢は無意識に引こうとするひなたの細い腰を掴み、乱暴とも思える動きで揺さぶる。

激しくされているのにもかかわらず、痛みよりも快感が強い。

「あっあん……い、い……の……ッ」

「なら、もっと動いてもいいね」

ひなたは鷹矢の言葉に、何度も頷く。

「は、い……あ、あっ」

太いカリが、内部を満遍なく擦る。いつもと違った状況のせいか、体は普段よりもずっと早く淫らに上り詰めていく。

「もう出そう？」

「…うん……また……いっ…ちゃう……よ」

雄をくわえ込んだまま、肉壁が蠕動する。

淫らな体の反応に、ひなたはただ嬌声を上げて身をくねらせる。

「ん、くぅ……」

きゅうっと後孔が締まり、二度目の射精を迎えた。

すると鷹矢も中の動きに促されて、奥に精を注いでくれる。

――中が、溶けそう……。

以前からもそうだったが、最近は射精されると更に感じるようになっていた。

後孔での快感の持続時間が長くなり、そのまま揺さぶられるだけで、射精に近い快感が生じる程だ。

うっとりと目を細めて快楽に浸るひなたの頬に、鷹矢が口づける。

「可愛いよ、ひなた」

「やん……」

顔中に触れるだけのキスをされ、ひなたはくすぐったくて鷹矢を軽く睨んだ。

けれど、中に挿入されたままの雄が未だに堅いと気づいて、更なる快感の予感に目元を染める。

「もう一回、いいね」

「…いいです…けど……」

聞かれただけでも、期待で後孔が窄まる。

――えっち、すぎるよね……。

でも、体の反応をひなたは止められない。

「私だけに感じてくれる、エッチな子は大好きだよ。ひなた」

「う……」

心を見透かしたような鷹矢の言葉に、ひなたは絶句する。

「もっと感じてごらん、ひなた」

「あ…まだ、動かないで……っ」

だが鷹矢は、制止するひなたに構わず突き上げる。達したばかりで敏感な内部は、すぐに新たな快楽を求めて、貪欲《どんよく》に雄へと絡みつく。

――あ、あ……また……いく、の……。

小刻みだった動きは次第に激しくなり、ひなたは快感に翻弄される。

「ひゃっ、ンッ」

自分から脚を開き、より深くまで雄をくわえ込もうとする。繋がった部分は痙攣を繰り返し、内部もいやらしくうねる。

「駄目なのっ……本当にダメッ…また、い…きそ……」

「好きなだけイッって、構わないよ」

恥じらうひなたの理性を崩そうとするかのように、鷹矢が恥ずかしい言葉で誘う。後孔の締めつけが止められなくなり、ひなたは甘い悲鳴を上げた。

「あっ、く……ぅ……あ…」

根本まで受け入れて、酷く感じてしまう。

肉襞と雄が擦れ合うたびに、中出しされた精液が泡立って、淫らな音楽が響く。

あと少しで達してしまうという所で、不意に鷹矢が動きを止めた。

――えっ……どうして？

「パニエだけでも脱いだ方が、動きやすいからね」

「ぁ…ふ……」

ひくひくと震えるひなたを片手で支えたまま、鷹矢はスカートの中に手を入れてパニエのボタンを外していた。

「どうして知ってるんですかっ」

「デザインしたのは昌美だから、教えて貰ったんだ」

しれっと答える鷹矢に、ひなたは怒りよりも呆れてしまう。

「もう、鷹矢さんてば……わあっ」

パニエを外すと、おもむろに鷹矢はスカートを捲った。

すると当然、自己主張して反り返ったひなたの中心が露わになる。

「見ないで！」

「どうしてだい？　今更だろう」

――それはそうだけど……でも恥ずかしいの！

真っ白い布の中心で震えるそれは、花のように見える。ピンクに色づき、蜜を垂らすひなたのそれは、酷くいやらしかった。

「やっぱり、変えよう」

「何がです？」

答えは、行動で示された。

鷹矢はひなたと繋がったまま、いきなり体位を変えたのだ。

「ひゃんっ」

「この方が、君の可愛らしい部分がよく見えるからね」

「鷹矢さんのばかっ……んっ、ぁ…」

ベッドに押し倒されたひなたは、仰向けの状態で鷹矢を受け入れる。パニエがないお陰で、先程よりも動きはスムーズだ。

「あっや……奥…だめっ……っ」

「どうしてだい？」

――感じすぎて、気持ちいいなんて言えないよっ。

入り口付近まで引き抜かれた先端が、一呼吸置いて一気に奥までひなたを貫く。熱く堅い雄は、鷹矢が欲情している証だ。

「可愛いよ、ひなた」

「……ぁ…すごいの……」

窄まった肉壁を、堅い雄で満遍なく擦られる。絶え間なく続く強い刺激に、背筋がぞくぞくと震える。

堪らずひなたは、鷹矢にしがみついた。

「ひなた……」

「…も、鷹矢さん…早くっ」

後孔が痙攣して、止まらない。

泡立つ音が大きくなり、ひなたは恥ずかしさで泣き出してしまう。

――擦らないでっ…音が……あっ…で、ちゃうよっ…ッ。

薄い蜜が、先端から吹きこぼれた。

「あっぁ……ダメっ…やん……」

そして鷹矢も、勢いよく精液をひなたの中へと注ぐ。その量も勢いも、先程と全く変わらない。

――奥まで…精液……来てる……。

達した快感が持続して、ひなたは足先をぴんと引きつらせる。ひなた自身が射精し終わっても、後孔だけで感じ続けてしまう。

「もう…動かない……で……お願い…」

「まだ、だよ」

「んんっ…あ……」

けれども鷹矢は、柔らかい肉壁の感触を楽しむかのように、小刻みに内部を擦り続ける。

――すごい、感じちゃってるよッ。

敏感になってるせいもあり、再び快感がせり上がってきた。

「っん、ぅ…ふ」

精液は出なかったが、射精と同じくらいの快楽がひなたを襲う。

内壁に精を擦りつけられて、痙攣が止まらない。

――…とろとろして、気持ちいい…。

ひなたは何度も、挿入されたままの雄を締めつけた。

「あっあ……また……ぃ、ちゃう…」

「イッていいよ」

「…は、い……い、くの……ぼく…い……あんっ」

普段なら決して言えない恥ずかしい言葉を、ひなたは譫言《うわごと》のように呟く。

鷹矢にぎゅっとしがみついたまま、永遠のような甘い時間をひなたは過ごす。

「は…ふ……」

ぬぷりと音がして、やっと鷹矢が自身を引き抜いてくれた。

まだ快感の欠片は残っているものの、挿入されている時に比べれば大したものではない。

「あ…僕……」

急に我に返り、ひなたは頬を押さえる。

——鷹矢さんのせいだけど、すっごくエッチなこと言ってなかった？

理性が戻ってくると、いたたまれない程の羞恥に包まれた。

「あ、あの…邪魔だから脱ぎますね」

とにかくこの場を冷静に切り抜けようとして、ひなたはひとまず汚れたドレスを脱ごうとする。

「それとお風呂に……」

「ひなた、急に起きると危ないよ」

「へ？」

ベッドから起き上がった瞬間、内股を精液が伝い落ちた。

大量に注がれた鷹矢の精は、ストッキングとスカートを容赦なく濡らす。

「あっ」

真っ赤になったひなたは、動揺しながら床にぺたんと座り込んでしまった。

——力入らない。

「後で洗ってあげるから、もう少しだけおとなしくしておいで」

鷹矢がひなたの腰を抱いて、ベッドに戻してくれる。夢中になり、いつもよりも激しく求め合ったのだと今更気づいた。

恥ずかしいのと気まずいのとで、ひなたはまともに鷹矢の顔が見られない。

――ドレスでえっち嫌がったのに……あんなに求めたら、恥ずかしい子だって思うよね……。

しかし鷹矢に抱き締められて、ひなたの不安はすぐに吹き飛ぶ。

「綺麗だよ、ひなた。もう少しこのままでいてくれないか」

「本当に？　えっちで、嫌じゃありませんか？」

「そんなことはないよ。私の前でだけ乱れてくれるなら、こんなに嬉しいことはないからね」

笑顔で言われて、ひなたも恥じらいながら頷いた。

乱れたドレスごと抱き締められ、鷹矢の胸に頬を擦り寄せる。

そして互いに、左手の指輪を見つめた。

「愛してるよ、ひなた」

何度言われても、告白の言葉はひなたの耳に甘く響く。

恥じらいながら、ひなたも鷹矢に素直な想いを告げた。

「これからも、不安な日が訪れるかもしれない。けれど、私は君を決して離さないよ」

「僕も、離れないいって約束します」

「鷹矢さん…大好き」

お互いに気持ちが通じ合っていれば、どんな時でも乗り越えていける。

誓いの指輪へ互いにキスをした後、ひなたと鷹矢は口づけを交わした。

放課後はメイド?

Housemaid after school

二限目の授業が終わってすぐ、遅刻をしたにもかかわらず堂々と教室へ入ってきたのは、学年で一番の問題児。麻生千里《あそうちさと》だ。

そんな彼と親友であるひなたは、満面の笑顔を向けた。

「おはよー、千里！　遅刻しちゃ駄目だよ……」

「ひな、これやるよ」

「へ？」

挨拶もそこそこに、千里が脇に抱えていた紙袋をひなたの机に置く。

「特注で作ったから、結構イイ出来だぜ。ああ、一回俺が着てるから、金はいらねえ」

訳が分からずきょとんと目を見開いているひなたに向かい、千里が捲し立てる。

「サイズは俺に合わせたけど、ひなは俺とそんなに体格変わらないから、大丈夫だと思うぜ」

「ちょっと待ってよ、千里」

話の内容から察するに、千里が持ってきた紙袋の中身は、特注の服が入っていると分かる。けれどどうしてそんな物を、千里が渡す気になったのか理由が分からない。

「僕の誕生日はもう過ぎたよ。理由もないのに、特注の服なんて高価な物もらえないよ」

「お前がいらないって言うなら、捨てる」

「ええっ」

驚くひなたに、千里は真顔で紙袋を掴む。

「千里。機嫌悪いのは君の勝手だけど、ひなに八つ当たりしないで！」

二人の間に割って入ったのは、加洲院一華《かしゅういんいちか》。こちらは、学年で一番の優等生である。千里と一華は、高等部から入ったひなたとは違い、中等部からの持ち上がり組だ。

正反対の性格をした二人だが、何故か気が合うらしく一緒に行動する事が多い。

そしてひなたは、個性的な二人にとても気に入られており、騒がしい学院生活を送る羽目になっている。

「八つ当たりなんかしてねえよ！」

「ひなが困ってるの、見て分からないの？」

クラスメイト達は、目立つ二人の言い合いを遠巻きに見ているだけで、誰も仲裁に入ろうとしない。

――……また、注目される……。

ごく平凡な生徒であるひなたは、こんな時非常にいたたまれない気持ちになる。ただでさえ、婚約者である鷹矢《たかや》との結婚式をクラスメイトに見られ、とても恥ずかしい思いをしたばかりなのだ。

「千里、一華。お願いだから、もう少し静かにしてよ」

二人の袖を引っ張り、ぼそりと告げる。

「あ、ああ……」

「ごめんね」

やっと落ち着いた友人達を交互に見てから、ひなたは小首を傾げた。

「それで、千里が持ってきたのって何なの？　説明くらいしてよ」

すると千里が、ぶすっとした面持ちで紙袋をひっくり返した。出てきたのは、黒いベルベット地のワンピースと、フリルの沢山ついたエプロン。

「なにコレ？」

「メイド服、だよね。どうしてこんなの持ってるの？」

「付き合ってたヤツがコスチュームプレイしたいって言うから、わざわざ買ったんだよ。なのにあの野郎、『俺はナースがよかった』なんて言いやがってよ！　コスプレって言ったらメイドだろ？」

同意を求められても、ひなたはどう返答すればいいのか分からず、引きつった笑みを浮かべて固まってしまう。

「そんな下らないことで、彼氏さんと喧嘩して機嫌が悪いんだね」

一方、とんでもない話を『下らないこと』と冷静に一蹴した一華が、呆れ顔で肩を竦める。

「頭きたから別れ話して、ついでにぶん殴って部屋から追い出してやった。そんで寝たのが朝の四時だったんだから、遅刻したのも仕方ねえだろ」

「あのさ……基本的な質問なんだけど、どうして喧嘩の原因になったメイド服を、僕がもらわないといけないのさ」

とりあえず、千里がメイド服を持っている理由は分かった。けれど何故それを自分に渡そうとしたのか、ひなたにはさっぱり理由が分からない。

言うと千里がやけに真面目な顔になり、ひなたに顔を近づける。

「ひな、『最近、鷹矢さんが疲れてる』って言ってただろ？　男の疲れを癒やすには、メイド服でご奉仕が一番なんだよ」

「そうなのっ？」

「それ着て、鷹矢さんに『ご主人様』とか、『ご奉仕させて下さい』とか言ってみ。すっげーよろこぶぜ」

中学時代から何人もの彼氏を持ち、遊び回っている問題児だが、それだけ経験豊富であるということでもある。そんな千里に自信を持って言い切られると、試してみたくなってくる。

――――こんなの着るのは恥ずかしいけど……もし本当に、鷹矢さんがよろこんでくれるなら、着てみようかな。

机の上に乗せられたメイド服を凝視しながら、ひなたは真剣に考え始めた。

「ひな、バカなこと考えないの。千里も、うそは……」

「あー、ひなたのメイド服姿ってすげー可愛いだろうなぁ。金はいらないからさ、着たら写メ撮って見せてくれよ」

一華の言葉を遮って、千里が声を張り上げた。すると何故か、一華までメイド服を見つめて黙り込む。

「本当に、もらっていいの？」

「ああ」

写真を見せるのは恥ずかしいけれど、タダで譲って貰えるのだからそのくらいは我慢するのは当然だろう。

「ありがとう、千里。僕、鷹矢さんによろこんでもらえるように頑張るね」

「……ウエディングドレスも可愛かったけど、メイドもいいよね……業者に言って、他にも作らせて着せ替えとか……」

「どうしたの、一華？」

「ううん。何でもないよ。そうだ、今度うちに遊びにおいでよ」

ぶつぶつと何事かを呟いていた一華を見上げると、満面の笑顔が返される。その後ろで千里が苦笑していたので、どうしたのかと聞こうとしたが、タイミング悪く三限目のチャイムが鳴った。

鷹矢と同居しているマンションに帰宅したひなたは、大きな紙袋を抱えて自室に籠もる。まだ鷹矢は帰宅していなかったけれど、メイド服をリビングで広げるには少し抵抗があったのだ。

「千里、どうして笑ってたんだろう？　一華も授業終わったら、すぐ帰っちゃうし……まあいいか」

親友達の不可解な言動を思い出して首を傾げながら、ひなたは紙袋からメイド服を取り出す。

「ひゃーっ」

教室では驚いていたのであまりよく見ていなかったが、千里が特注したと言ったそれは超ミニのワンピースだった。肩周りは鎖骨まで大きく開き、肩口が少し膨らんで大きなリボンがつけられている。袖はなく、代わりに手首につけるレースでできたカラーが入っていた。

「…これって、手首につけるんだよね…うわっ、お揃いで頭につけるやつもある…こっちはフリフリのエプロンで……えーっ何この長い靴下っ！　下着まで入ってる！」

特注と豪語しただけあって、細かい部分もしっかりと作り込まれており、小物類も完璧だ。けれど眺めているうちに、ひなたの頭に『後悔』の文字が浮かんでくる。

「やっぱり、やめようかな。でもせっかくもらったし……鷹矢さんをよろこばせてあげたいし……」

相変わらず鷹矢は仕事が忙しく、帰宅は深夜になることが多い。数年後には黒正グループの代表となるのだから、その準備などもあり、仕方ないと分かっている。鷹矢はひなたが側にいてくれるだけで十分嬉しいと言ってくれるけれど、何もできない自分が歯痒くて仕方ないのだ。

現実問題として、学生であるひなたが鷹矢の仕事をサポートするのは無理なこと。だからこそ、自分にできることは、何でもしてあげたい。

それで鷹矢がよろこんでくれるなら、少しくらい恥ずかしいことでもする価値はある。

「好きって気持ちは、思ってるだけじゃ伝わらないんだから。この間、ちゃんと伝えるって決めたんだし頑張らないと！」

少しでも、鷹矢を癒やしたい。その一心で、ひなたは気合いを入れた。

勢いのまま制服を脱ぎ、メイド服に袖を通す。

千里の方が背が高いので、スカートは少しだけ長くなってしまったが、それ以外の部分は問題なさそうだ。

——足がすーすーする……千里、もっとスカート長く作ればよかったのに。

脚の付け根ギリギリまで詰められたスカートは、歩くとひらひらと動いて下着が見えてしまう。とても恥ずかしいけれど、丈を直すなどひなたにはとても無理なので、我慢するしかない。

「ともかく、お夕飯作っちゃわないと」

ひなたはメイド服姿で、キッチンへと向かう。そして普段通り夕食の準備をし、一人寂しく食事を終えると、先にお風呂へと入った。

けれど、十時を過ぎる頃になっても、まだ鷹矢は帰宅しない。

——帰ってくるの、十二時過ぎるのかな……。

また後日、改めてメイド服を披露しようかとも考えたが、やっと慣れてきたところで脱いでしまうのはもったいない気がする。

考えた末、ひなたはメイド服を着たままリビング鷹矢の帰宅を待つことにした。

「……ただいま…」

「…あ…っ」

いつの間にかうたた寝をしていたひなたは、玄関の扉が開く音で目を覚ます。

急いで立ち上がり、鷹矢を出迎えようとしたけれど、ここに来て今更気恥ずかしさが込み上げてくる。

――やっぱり…恥ずかしいよ！　……でも……。

廊下を歩く足音が、次第に近づいてくる。ひなたは意を決して、リビングと廊下を隔てる扉を開けた。

けれどいきなり全身を見せる勇気はなく、顔だけをぴょこりと覗かせる。

「お帰りなさい……」

「ひなた、こんな遅くまで起きていてくれたのかい？　無理をして起きていなくてもいいんだよ…どうしたんだい？」

ひなたの様子がおかしいと気付いた鷹矢が、眉を顰める。問われる前に、ひなたは鷹矢の前に進み出た。

「ご主人様」

「……ひなた？」

鷹矢の反応を窺うが、彼は目を見開いたまま微動だにしない。

――鷹矢さん、メイド服は好きじゃないんだ！

ウエディングドレス姿はよろこんでいたから、きっとメイド服も大丈夫だろうと、ひなたは勝手に思い込んでいたのだ。

「鷹矢さんお仕事大変みたいだから、少しでも癒やしてあげたくて…それで……ごめんなさい！　こんなの、ヘンですよね！　着替えてきます！」

ひなたは急いで鷹矢に背を向け、部屋へ戻ろうとする。けれどそれより早く、鷹矢の手がひなたの腕を掴んで引き留めた。

「変じゃないよ。とても可愛いから、驚いただけなんだ。でもその服は……」

「これ、千里がくれたんです。特注で作ったって、言ってました」

「露出が多いのは、千里君の趣味か。メイド服はレトロ風の物が好みだけれど、こういうのもなかなかいいね」

どうやら鷹矢は、このメイド服を気に入ったらしい。しげしげと眺める視線に少し気恥ずかしさを覚えたが、嫌ではない。

――よかった。鷹矢さん楽しそう。

「その格好で、夕食を作ってくれたのかい？」

「ええ今日は僕、鷹矢さんの専属メイドですから」

両手を腰に当てて胸を張ると、鷹矢が笑みを深くするので、つられてひなたも微笑む。

「それは嬉しいね」

鷹矢が屈んで、唇に触れるだけのキスを落とす。

いつもなら、鷹矢のリードで寝室に向かうところだけれど、ひなたは自分から唇を離してきっぱりと告げた。

「今夜は僕に、ご奉仕させて下さい。何でも好きなこと、命令して下さいね。ご主人様」

メイド服を着た目的は、鷹矢を癒やすことだ。ひなたは真っ赤になりながらも、千里に教えられた通りの台詞を口にする。

「それじゃあ……」

耳元で鷹矢が、低く囁く。

――いきなり…そんなこと……ううん、するって決めたんだから！

戸惑いながらもひなたは頷き、鷹矢の前にひざまずくとファスナーを下ろした。そしてまだ柔らかい雄を布の隙間から取り出すと、大真面目でお辞儀をする。

「ご、ご奉仕致します！」

「頑張ってね」

「はい！　…ん…ンッ……」

大きく口を開き、可能な限り雄を口内へと入れた。舌で丁寧に嘗めて吸い上げると、瞬く間に雄は質量を増していく。

「…ひなた……」

――鷹矢さんの声、なんだかエッチだ……。

急速に高ぶる雄をくわえていられなくなり、ひなたは一度口を離す。けれどすぐ、鷹矢の手がひなたの頭を掴み、反り返った先端に顔を押しつける。

「は、ふ……ぁ」

「ひなた、口を……」

素直に先端を含んで舌を這わせると、苦い液体がにじみ出てきた。

「や、飲むの！　……ひゃっ……」

指で幹を扱いた瞬間、雄が精を放つ。突然のことで全てを口で受け止められず、ひなたの顔と首筋に大量の精液が飛び散った。

「あ…やん……まだ、拭いてないですよ……」

「気にしなくていいよ。それより次は、自分でして見せて」

「……はい……」

精液にまみれたひなたを、鷹矢が抱き上げてリビングへと運ぶ。ソファに下ろされたひなたは、足の間に座った鷹矢を見つめた。

――いつもと違って、なんかエッチな気分。メイド服のせいかな？

膝を曲げて、ゆっくりと脚を開く。すでに下着の中の自身は、熱を持ち始めていた。

「可愛い下着だね。これも千里君がくれたのかい？」

「はい。これ、僕用に買ったって言ってました」

さすがに下着までは使用した物を渡せないので、わざわざ新しい物を買ってくれたのだ。一応ひなたの好みに合わせたとは言われたが、千里が選んだ物が普通である訳がない。薄いレースでできた下着はほとんど肌が見える状態で、両サイドに結ばれている紐を解けば簡単に脱げてしまう恥ずかしい作りなのだ。

ひなたは鷹矢の視線を感じながら、そっと中心に手を伸ばす。下着の紐を解き、秘められた部分を露わにすると、レースに押さえ込まれていた中心が反り返った。

「口でしただけで、こんなに感じていたんだね」

「ぅ……だって……」

「ほら、早く触ってごらん」

促されて、ひなたは自らの中心に触れた。それだけで腰がびくびくと震え、後孔がきゅうっと窄まる。

「あんっ…ぁ…駄目……見ないでっ……ン」

先端から零れた先走りが、幹と手を汚す。

「こっちも、欲しそうだよ」

「ひゃっ……あ、そこ……やっ」

鷹矢がひなたの手を掴み、後孔へと導く。痙攣を繰り返していた秘所は、軽く触れただけで指を第一関節まで飲み込んだ。

自身と内部を同時に弄りながら、ひなたは甘く喘ぐ。

「…っ…は、ぁ……んっ…あんっ」

快感と羞恥で、指が上手く動かない。そのせいで、時折自分でも意識しない部分を擦ってしまい、ひなたは不意打ちの刺激に腰をくねらせる。

「気持ちよさそうだね、ひなた」

「やんっ」

視線と言葉で煽られて、頭の中がぼうっと痺れたようになる。

――恥ずかしいのに…手が止まらないよ……。

先端が震え、今にも達してしまいそうだ。でもひなたは懸命に射精を堪え、涙目で鷹矢を見つめる。

「…鷹矢さん……もう…」

「違うだろう、ひなた」

大きな掌が、真っ赤になったひなたの頬を撫でた。彼が望んでいる言葉をすぐにひなたは理解して、恥じらいながら唇を開く。

「ご主人様……早く、僕の中に……挿れて下さい」

「仕方ないな」

ソファに座った鷹矢がひなたの腰を掴み、膝の上に乗せる。向き合う形で座ったひなたは、既に熱を取り戻している鷹矢の中心を見て息を呑む。

――もう、おっきくなってる。

自分で解した後孔に先端が入り込むと、それだけで全身が歓喜に震えた。

「挿れるだけでいいんだね？」

「あっ……奥まで入れて…中、いっぱい擦って、くださ……ひゃうっ」

狭い穴を無理矢理押し広げて、堅い雄が一気に挿入された。

――僕ってば、何言ってるの！

いつもなら絶対口にしない恥ずかしいおねだりの言葉に、ひなた自身が驚いてしまう。

けれど体が高ぶっているせいか、甘い嬌声も言葉も止められない。

「ンッ…もっと…ご主人様……奥まで、突いてッ…ああっ…」

軽く揺さぶられただけで、ひなたは吐精する。足先を震わせ、鷹矢の胸に縋りつくと、
耳元に熱い息がかかった。

「ひなたは、えっちなメイドだね。悪い子だ」

「え……」

驚いて顔を上げると、優しく微笑む鷹矢と視線が交わる。

「こんなふうに誘惑されたら、君が壊れるまで抱いてしまいそうだよ」

「……鷹矢さん」

「もっと乱れてみせてほしいな」

乱れた呼吸を気遣って、触れるだけのキスが繰り返される。

「うん……」

鷹矢が望むなら、壊れてしまっても構わないのだと、ひなたは本気で思う。けれどそんなことを口にすれば、きっと鷹矢は怒るはずだ。

「あのね、鷹矢さん……もっといっぱい、して……」

だからひなたは、精一杯の甘い言葉で鷹矢を誘う。

大好きな人を、満たしたい。そして自分も、満たされたいと思う。

「愛してるよ、ひなた」

欲情で掠れた声を聞いて、繋がった部分が震えた。


リビングで求め合った後、ひなたは鷹矢の部屋に連れて行かれて、ベッドでもたっぷりと可愛がられてしまった。

自分から誘ったとはいえ、今は疲れ切って指一本すら動かすのも億劫《おっくう》だ。きっと明日は、学校を休むことになるだろう。

「………疲れてないですか？」

「いいや、十分癒やされたよ」

これでは癒やしどころか逆に鷹矢を疲れさせてしまうと懸念したが、晴れやかな返事にほっと胸を撫で下ろす。

「……よかった」

――鷹矢さんがよろこんでくれたなら、まあいいか。

たくましい腕が、ひなたを抱き寄せる。

そのまま眠りに落ちようとした時、やけに弾んだ呟きが聞こえてきた。

「次は、チャイナドレスとかどうかな？　ナースもいいね……」

――まさか、またコスプレさせる気なの？

鷹矢が楽しんでくれたのは嬉しいけれど、頻繁にするとなればひなたの体力が持たない。

「そうそう、猫耳なんてどうかな？　基本の裸エプロンも、捨てがたいな。ひなたはどう思う？」

問われたけれど、ひなたはあえて聞こえないふりをした。目蓋を閉じると、疲れ切った体はすぐに眠りへと誘われる。

「…ひなた？　もう寝たのかい？」

大好きな低い声と共に、頬に口づけが落ちる。

優しい伴侶の温もりを感じながら、ひなたは穏やかな寝息を立て始めた。

あとがき

はじめまして、こんにちは。高峰あいすです。

ガッシュ文庫さんでは、二冊目の本になります。それも続編！また鷹矢とひなたのラブ生活が書けて、とても楽しかったです。

まずは、お礼から。

編集のT様。仕事のお電話なのに、妙なメイド萌を語ってすみませんでした……。

挿絵を描いて下さった、みろくことこ先生。ひなたのウエディングドレスと、メイド姿が可愛くてたまりません！本当に、ありがとうございます！

私をいつも支えてくれる、家族と友人達に大感謝。また一緒に旅行へ行こうね。（Hさん、Kさん、Tちゃん、ありがとう）

そして、この本を読んで下さった全ての皆様に、お礼申し上げます。

今回は続編という事で、きゃわきゃわ度・ラブ度が自然と上がり、書いている間はひなた達の勢いに引きずられてました。前回の後書きで『子犬がじゃれているのと同じ』と書きましたが、単なる子犬ではなく、大型犬のパワフル系子犬にレベルアップした感じです。

初めの予定では、ひなたがちょっと真面目に鷹矢との関係を悩み、成長していく過程が書けたらいいなと思っていました。しかし蓋を開けてみたら（悩みもあったけれど）、らぶらぶ一直線で、ドレス姿をみんなに披露！なんて事になってました。恐るべし、きゃわきゃわパワー……。

さてさて、改めまして最後まで読んで下さった読者様に、感謝致します。読み終えてから、ちょっとでも『ほんわか気分』になってもらえたら嬉しいです。

それではまた、お会いできる日を楽しみにしています。

や
──あ
たか…やさ…
…いけない子だ
こんな格好で
足を見せる
なんて…
ん?
あれ?
一応中に
はいてるんだね…
ふーん…
わーん
──てさ
放課後は♥ウェディング
Wedding in the church
Short Comic
みろくことこ

チャイナドレス不評だった…
もうへんなカッコやめる…
くすん
バカだなー
そりゃチャイナが不評じゃなくてパンツが不評なんじゃねーの？
鷹矢《たかや》さんも千里《ちさと》もわかってない！
ミニチャイナからちらりとのぞくパンツとムチモモがいいの！
ここね
ここ
ビシ
ビシ
わかる？
ふ。
あー
たしかにひなは足太いからかわいいかも
びくっ
太…っ
誇れ！お前のフトモモは俺ももんでみたい
ぽっ
ぼくもー
…
はーー
…やっぱりさ

女の子のカッコでないと喜んでもらえない…のは
どうかな…って
たまにはいいけど!!
男のぼくが似合うわけないのにね
はは…
オーダーメイドしたん↓
最初にすすめたん↓
そ
そんな…
そんなことない!
ひなは何着てもかわいいよ!?
自信もって?
——ありがと…
——でも…
ま—— ま——
えっちなことだけじゃなくてさ
相手を癒やしたり和ませたりするためだろ?

こんなこともあろうかと！
どさっ
これひなにやるよ！
…ってゆーか千里にこれは似合わないカモー
何ー？
何ー
何ー
うるさいなっ
ただいまー
おかえりなさーい
早いですねっ
ああ
きゅ
ぽきゅ
ん？
ぽっきゅ
ぽっきゅ
ぽ…ぽきゅ？
何の音…
ぽっきゅ
鷹矢さん
ぽっきゅ

ごはんにします？
それとも
お風呂？
ぽきゅっ
……？
何…？
ごはんは
ぼくも
まだですー
ぽきゅ
あ
…足音
だったのか…
ぽきゅ
鷹矢さん
ぽ
あのっ
ん？

おかえりなさい
…の
キスは…
あ
そうだったね
ん
…ひな
愛し…
ぴー
わーい
わーい
ひっかかった――
ぽきゅ
ぽきゅ
がくっ
……
…なにか
怒らせたっけ…？
ぽきゅ
★END★

専務も着ればいいのに…
ありがとうございました!
みろくことこ 2007.

KAIOHSHA ガッシュ文庫

放課後は♥ウエディング
（書き下ろし）
放課後はメイド?
（書き下ろし）

放課後は♥ウエディング
2007年4月10日初版第一刷発行

著　者■高峰あいす
発行人■角谷　治
発行所■株式会社 海王社
〒102-8405
東京都千代田区一番町29-6
TEL.03(3222)5119(編集部)
TEL.03(3222)3744(出版営業部)
印　刷■図書印刷株式会社
ISBN978-4-87724-566-5

高峰あいす先生・みろくことこ先生へのご感想・ファンレターは
〒102-8405 東京都千代田区一番町29-6
(株)海王社 ガッシュ文庫編集部気付でお送り下さい。

保育士・海晴の好きな人は、園児のパパでサラリーマンの高村。バツイチだけどカッコいい高村は保育園でもママに大人気。会えた日は嬉しくて、会えない日はさびしくて。海晴はそんな高村に誰にも言えない切ない想いを抱いていた。ある日高村家に行くことになったんだけど、そこにいたのは普段と違う不器用な高村で…？